Thomas Franke
Noch besser als Schokolade

Über den Autor

Thomas Franke ist Sozialpädagoge und bei einem Träger für Menschen mit Behinderung tätig. Als leidenschaftlicher Geschichtenschreiber ist er nebenberuflich Autor von Büchern. Er lebt mit seiner Familie in Berlin.
www.thomasfranke.net

Thomas Franke

NOCH BESSER ALS SCHOKOLADE

Eine Weihnachtsgeschichte
in 24 Kapiteln

GerthMedien

© 2024 Gerth Medien
in der SCM Verlagsgruppe GmbH,
Berliner Ring 62, 35576 Wetzlar

1. Auflage 2024
Bestell-Nr. 821085
ISBN 978-3-98695-085-9

Umschlagmotiv: Hanni Plato
Umschlaggestaltung: Hanni Plato
Lektorat: Verena Keil
Satz: Vornehm Mediengestaltung GmbH, München
Druck und Verarbeitung: GGP Media GmbH, Pößneck
Printed in Germany
www.gerth.de

INHALT

1

DUSCH-LEGENDEN UND SALAMI-SALOMO

Johann zog die Kapuze über den Kopf. Ein eisiger Wind schüttelte die nackten Äste der Bäume. Es war der vorletzte Tag im November; einige Schneeflocken trieben in der Luft. Kies knirschte unter seinen Sohlen, als er die wenigen Schritte den Pfad entlanglief. Schließlich blieb er stehen.

»Hallo, Schatz, da bin ich wieder.« Er lächelte und nickte Linda zu.

Sein Handy klingelte. Er nahm es aus der Tasche, warf einen kurzen Blick darauf und wies den Anrufer ab. »Die Bank«, sagte er entschuldigend. »Wahrscheinlich geht es um die ausstehende Kreditrate.« Er setzte ein Lächeln auf. »Aber das krieg ich schon hin. Bestimmt können wir die Rate abstottern.« Er grinste schief. »Hilfreich wäre natürlich, wenn auch etwas zum Stottern da wäre. Erfahrungsgemäß kommt die Jahresabrechnung erst Mitte Februar und einen zweiten Vorschuss werde ich dem Verlag nicht aus den Rippen leiern können. Nach allem, was ich bislang gehört habe, läuft der Einverkauf meines letzten Buches ziemlich schleppend. Aber das betrifft laut Juliane im Grunde alle Titel, nicht nur meinen. Die ganze Buchbranche leidet. Ich gehe davon aus, dass sie die Intention hatte, mich zu trösten, als sie mir diese Information weitergab. Allerdings habe ich die Vermutung, dass es die Bank nicht gnädiger stimmen wird, wenn ich ihnen erkläre, dass andere Autoren auch Probleme haben, ihre Kredite zu bedienen.«

Er lauschte. Manchmal sprach Linda sehr leise.

»Wie es den Kindern geht? Sie machen das toll. Wirklich! Die Zwillinge sind richtig groß geworden. Luisa hat gestern für uns gekocht. In solchen Momenten kommt sie mir fast wie eine Erwachsene vor. Ich weiß noch nicht, wie gut ich das finde. Manchmal ist sie mir etwas zu still und ernst für eine 13-jährige. Aber ich glaube, die Schule fordert sie gerade sehr. Jakob hat gestern einen Job angenommen. Er trägt jetzt neben der Schule Werbeblättchen aus. Bevor du allerdings vorschnell stolz auf ihn bist: Er macht das nur, damit er sich den mittlerweile dritten Streamingdienst leisten kann – was übrigens, laut seinen eigenen Worten, absolut alternativlos sei, da er nur durch die Kombination aller drei Dienste in der Lage wäre, alle Spiele der Bundesliga, Champions League und Premier League zu sehen. Schade, dass er selber nicht mehr spielt. Aber was soll ich dazu sagen?« Johann seufzte. »Solange Fußballgucken sein einziges Laster ist, können wir dankbar sein, denke ich. Jungen in seinem Alter stellen weit Schlimmeres an. Till hat in der Schule ziemlich zu kämpfen, aber das wussten wir ja, als wir uns für die Inklusionsklasse entschieden haben. Ich finde, seine Aussprache ist wirklich super geworden und mit dem Lesen klappt es auch recht gut. Nur Mathe ist bedauerlicherweise eine absolute Vollkatastrophe. Sobald er ein Rechenzeichen sieht, tut er so, als müsse er altägyptische Hieroglyphen in Mandarin übersetzen. Möglicherweise muss er seinen Berufswunsch Berühmtester-Astronaut-der-Welt-der-als-Erster-zum-Mars-fliegt-aber-auch-wieder-zurück noch mal überdenken.«

Johann konnte vor sich sehen, wie Linda schmunzelte, und auch seine Mundwinkel zuckten etwas. Till hatte sie vom ersten Tag an zum Lächeln gebracht. Letztlich hatten sie gar keine andere Wahl gehabt, als ihn zu adoptieren.

Und Carlotta?

Die Jüngste der vier war von Anfang an ein Überraschungspaket gewesen. Nach den Zwillingen wurde Linda wieder schwanger, erlitt jedoch eine komplizierte Fehlgeburt. Ein Arzt informierte sie kurz darauf – mit dem Einfühlungsvermögen einer Kettensäge –, dass Linda nie wieder schwanger werden könne. Das war einer der Gründe, warum sie überhaupt mit dem Gedanken gespielt hatten, ein Kind zu adoptieren. Nach Till war die Familienplanung abgeschlossen gewesen – eigentlich. Doch dann war ein Wunder passiert. Ein Wunder namens Carlotta. Sie hatte ihr Leben ziemlich durcheinandergewirbelt und seit ihrer Geburt im Grunde genommen nicht mehr damit aufgehört. »Carlotta hat wieder irgendein Projekt. Was genau, kann ich dir nicht sagen, sie geht dann in ihr Zimmer und hängt das *BETRÄTEN VABOTEN*-Schild an die Türklinke. Ich respektiere das und hoffe, dass ich damit nicht einen Punkt auf meiner Liste pädagogischer Fehltritte hinzufüge. Carlottas Trainer meint übrigens, sie gehöre in die erste F-Jugend, und zwar bei den Jungs. Heute hat sie ihr erstes Training.« Johann sah auf die Uhr. »Ich muss sie gleich abholen.«

Er verharrte einen Augenblick. Er kannte Linda gut genug, um zu wissen, was ihre nächste Frage wäre. »Ich komme zurecht. Oma Sofa und Opa Holger sind Gold wert. Sie helfen, wo sie können, und lieben die Kinder über alles. ... Meine Eltern? Na ja, du weißt ja, wie sie sind. Es hat sich nichts geändert. Ihnen geht es gut in den USA. Wir telefonieren alle ein bis zwei Monate.« Seine Augen glitten hinauf in den grauen Himmel. »Du fehlst mir«, flüsterte er.

Er nahm den kleinen runden Kieselstein aus der Tasche und legte ihn behutsam auf den Stapel, der sich auf dem marmornen Grabstein türmte. »Bis bald.«

Der alte T4 gab ungute Geräusche von sich, und die Anzeigen der Armatur flackerten, als Johann den Motor startete. Es sah so aus, als würde die Batterie bald schlappmachen. Johann seufzte und hoffte, dass die alte Karre noch mal durch den TÜV kommen würde.

Er verließ den Parkplatz und fuhr den ungeteerten Zugang entlang zur Straße. Als er sich in den Verkehr einfädelte, wurde der Schneefall stärker. Dennoch drehte er die Heizung runter, um die Batterie zu schonen. Sein Handy klingelte. Es war die Grundschule. Mit der linken Hand fingerte er das Smartphone aus der Jackentasche und stellte auf Lautsprecher. »Ja?«

»Hallo, Herr Weißborn?«

»Ja.«

»Hier ist Frau Schmidt.«

Johann stöhnte innerlich auf. Wenn sich die Klassenlehrerin seines jüngeren Sohns meldete, bedeutete das selten etwas Gutes. »Gerade eben hat sich Tills Inklusionsbegleiterin Frau Weber krankgemeldet. Es tut mir sehr leid, Till hat morgen Homeschooling.«

»Was? Nicht schon wieder. Das kann doch nicht sein!«

»Herr Weißborn, ich habe Frau Weber nicht infiziert«, bemerkte sie spitz.

»Aber es muss doch eine andere Lösung geben ...«

»Ich habe mit 28 Kindern ohnehin schon eine übervolle vierte Klasse. Da bleibt keine Kapazität, mich auch noch um Till zu kümmern.«

»Kann nicht die FSJ-lerin ...?«

»Sie hat eine Seminarwoche«, unterbrach ihn Frau Schmidt.

»Aber Sie sind doch eine Inklusionsschule. Wie soll das funktionieren, wenn Till ständig zu Hause bleiben muss?«

»Leider hilft der Begriff Inklusionsschule weder gegen Viren noch Bakterien. Ich habe niemanden, der sich um Till kümmern kann. So einfach ist das. Und ehrlich gesagt verstehe ich auch gar nicht, wo das Problem ist. Sie sind doch den ganzen Tag zu Hause.«

»Ich muss arbeiten!«

»Es tut mir leid. Ich schicke Ihnen die Übungen für Till wie üblich per Mail zu.«

»Frau Schmidt, so geht das nicht ...«

»Herr Weißborn, ich muss jetzt zurück in den Unterricht. Auf Wiederhören.« Sie legte auf.

Johann seufzte. Es hatte keinen Zweck, sich aufzuregen. Es gab nur eine Inklusionsbegleiterin in der Klasse. Ein Ersatz war nicht vorgesehen. Ungünstigerweise war Frau Webers Immunsystem sehr empfindsam, insbesondere montags, nach den Ferien und bei schönem Wetter. Nach Johannes' Eindruck teilte sich Frau Weber das Jahr sorgfältig je zur Hälfte in Arbeitstage und Krankheitstage ein. Manchmal sprang die FSJ-lerin ein. Sie war sehr nett, Till mochte sie. Aber das war natürlich keine Dauerlösung.

Er parkte den Wagen beim Sportplatz und gesellte sich zu den anderen Eltern. Offenbar machte die Mannschaft gerade ein Abschlussspiel, wie er den lautstarken Anfeuerungsrufen einiger Väter entnehmen konnte.

Ein rothaariger Junge dribbelte über das Spielfeld und ließ zwei verdutzte Gegner hinter sich. Carlotta stellte sich ihm entgegen, doch auch an ihr zog er vorbei. Der Torwart stand unsicher zwischen den Pfosten und kaute an seinen übergroßen Handschuhen.

»Komm raus!«, brüllte einer der Väter.

»Schieß!«, brüllte ein anderer.

Der Torwart machte einen zögerlichen Schritt nach vorne und der Rothaarige setzte zum Schuss an. In diesem Moment kam Carlotta wie aus dem Nichts angeschossen, sie schlitterte über den Rasen, und grätschte den Ball weg. Der Junge stürzte.

»Foul!«, empörte sich jemand. Doch der Trainer schüttelte den Kopf. »Ball gespielt!«

Carlotta war wieder auf den Beinen und trieb das Leder

vorwärts. Sie ließ einen heranstürmenden Gegner aussteigen und spielte den Ball quer über den Platz zu einem Mitspieler. Der schoss, und mit gnädiger Hilfe des abgelenkten generischen Torwarts, der gerade verträumt ein paar Krähen beobachtet hatte, die auf dem Schutzzaun hockten, landete der Ball im Netz. »TOOOR!«

Die Mannschaft beglückwünschte den Torschützen. Auch Carlotta klatschte ihn ab.

»Das war ein glattes Foul«, beschwerte sich ein Vater, den Johann anhand seines spärlichen roten Haarkranzes als den Vater des gegnerischen Stürmers identifizierte. »Typisch Mädchen, treffen den Ball nicht und metzeln alles nieder, was ihnen in die Quere kommt.«

Ehe Johann ein passender Kommentar einfiel, hatte Carlotta ihn entdeckt und stürmte auf ihn zu. »Papa!«

Sie warf sich in seine Arme und teilte großzügig den Schmutz auf ihrer Trainingsjacke mit seinem Mantel. »Toll gespielt, Lotti!«

»Du hast überhaupt nicht gesehen, wie ich gespielt habe.«

»Ja, aber ich bin sicher, dass es toll war!«, erwiderte Johann.

»Herr ... äh ... Papa von Carlotta.«

»Ja?«

Der Trainer kam auf ihn zu und drückte ihm die Hand. »Ich freue mich, dass Carlotta in unsere Mannschaft kommt. Um ehrlich zu sein, habe ich in dieser Altersklasse noch nie so eine gute Sechs gesehen.«

»Ach, tatsächlich?«, erwiderte Johann, der keinen Schimmer hatte, wovon der Mann eigentlich sprach.

»Wenn sie so weitermacht, wird sie noch mal ein zweiter Fernandez.«

»Das ... äh ... ist erfreulich, nehme ich an.«

»Um es kurz zu machen. Ich will sie gerne bei unserem nächsten Spiel dabeihaben. Kommenden Sonntag, 7.30 Uhr, beim TSV Rudow. Klappt das?«

»Au ja!« Carlotta strahlte ihn an.

»Sonntags ... 7.30 Uhr ... in Rudow?« Johann lächelte gequält.

»Super!«, erwiderte der Trainer, der Johanns Entsetzen fälschlicherweise als Zustimmung interpretierte. »Geben Sie mir Ihre Nummer. Dann nehme ich Sie in unsere Whats-App-Gruppe auf.«

Carlotta schaute mit ihrem süßesten Lächeln zu ihrem Papa auf. Der Trainer hatte sein Handy gezückt und blickte erwartungsvoll. Und Johann sagte »Klar«, obwohl er eigentlich sagen wollte: *Vielleicht sollten wir erst einmal in Ruhe darüber nachdenken.*

Auf dem Heimweg saß Carlotta vergnügt auf ihrem Kindersitz und baumelte mit den Beinen.

»Anders als in der Schule ist eine gute Sechs beim Fußball etwas Erstrebenswertes, nehme ich an?«, fragte er.

»Mann, Papa! Die Sechs spielt im intensiven Mittelfeld, das weiß doch jeder.«

»Natürlich. Sagt ja schon der Name. Und was macht sie da so, die Sechs?«

»Die Bälle verteilen, ist doch klar.«

»Ach, und ich dachte immer, es gibt im Spiel nur einen Ball.«

»Mann, Papa!«, Carlotta verdrehte die Augen. »Nicht lustig.«

»Um 7.30 Uhr in Rudow sein ist auch nicht lustig.«

»Na gut, dann gucken wir eben ernst!«, beschloss Carlotta und setzte eine grimmige Miene auf.

»Einverstanden.«

Carlotta hielt durch bis zur nächsten Ampel, dann kicherte sie und sagte: »Du siehst aus wie Hulk mit Brille.«

»Danke.«

Carlottas wiederhergestellte gute Laune bekam noch mal einen Dämpfer, als Johann zu Hause darauf bestand, dass sie sich duschen müsse. Erst als Jakob hilfreich zur Seite sprang und behauptete, sogar Legenden wie Luka Modrić würden sich nach dem Training duschen, ließ sie sich widerwillig darauf ein.

Das Abendbrot verlief vergleichsweise entspannt – zumindest so, wie man das bei einer fünfköpfigen Familie realistischerweise erwarten durfte. Jakob verdrückte fünf Brote, dick mit Butter bestrichen und mit Camembert belegt. Seit seinem 13. Geburtstag vor einem Vierteljahr hatte sein Stoffwechsel gewissermaßen von Segelflieger auf Jumbojet umgestellt. Luisa hingegen knabberte an einem halben Knäckebrot mit Magerquark. Johann zog kurz in Erwägung, sie zu fragen, ob sie schon wieder eine Diät machen würde, verkniff es sich aber, da er die Stimmung nicht verderben wollte. Luisa hatte keine Diät nötig, sie war weder zu dick noch zu dünn. Johann hatte jedoch festgestellt, dass rationale Argumente in diesem Zusammenhang nicht nur wirkungslos blieben, sondern sich sogar destruktiv auswirkten. Er hatte das mehrmals verifiziert und beschlossen, diese Gesetzmäßigkeit zu akzeptieren, auch wenn er sie nicht verstand.

Till und Carlotta stritten sich um die letzte Scheibe Salami, einigten sich schließlich darauf, sie zu teilen, um sich dann wieder darum zu streiten, wer welche Hälfte bekam. Es war Jakob, der den Konflikt auf salomonische Weise beendete, indem er androhte, er würde gleich beide Hälften essen, wenn sie nicht sofort aufhören würden, ihm auf den Keks zu gehen.

Als die Kleinen im Bett waren, kehrte Ruhe ein, nur kurz unterbrochen von einem Streit zwischen Luisa und Jakob, bei dem es um eklige Zahncremespritzer auf dem Spiegel ging.

Jakob zog sich in sein Arbeitszimmer zurück und kämpfte sich durch seine ungelesenen E-Mails.

Gegen 23 Uhr gab er auf. Morgen war auch noch ein Tag.

2

VOLL AUF
DEN KOPF GEHAUEN

Libes Tagebuch,
seit gestern spile ich Fußball in der 1. F bei den Jungs. Hat voll
Spas gemacht und der Trener will, das ich beim Spil gegen
Rudo dabei bin. Leider hat Papa null Anung von Fußball. Das
is manschmal ein bischen peinlich. Aba er gibt sich mühe. Das
is auch was wert.

Manschmal muss ich ganz doll an Mama denken. Obwol ich
mich nich mehr an so fiel erinnern kann. Komisch. Papa denkt
auch oft an Mama. Dann kuckt er imma so melangkomisch.
Villeicht muss er doch noch mal heiraten damit er nicht so
unglüglich is. Für ihn würde ich in den sauren Apfel beisen.
Aber wie soll das funktionian, wenn er nie eine kenenlernt, weil
er immer nur da sitzt und schreiben tut. Haubtsache es wird
nich Juliane, seine Agentin. Die ist nämlich gar keine echte
Agentin und auserdem ist die nich so nett wie die immer tut.

Jetzt muss ich aber aufstehn. Du weist ja bestimmt, was
morgen is ... ☺

Ich weiß es auf jeden Fall und ich froie mich schon.
Carlotta

Johann war positiv überrascht. Alle Kinder kamen pünktlich aus den Federn, ohne dass er regelmäßig dazu auffordern oder drastischere Maßnahmen, wie Federbetten wegziehen oder an den Füßen kitzeln, ergreifen musste.

Er bemerkte erst, dass etwas nicht stimmte, als sie alle gemeinsam am Frühstückstisch saßen.

Till hatte beide Arme vor der Brust verschränkt. Johann kannte niemanden, der so demonstrativ schmollen konnte wie sein Sohn. Das war seine Superkraft. Der Kinderarzt behauptete zwar, die meisten Menschen mit Trisomie 21 hätten einen starken Willen, aber Johann war sich sicher, dass sein Sohn diesbezüglich hochbegabt war. Carlotta gab alles, um es ihrem älteren Bruder nachzumachen. Ihre kleine Stirn lag in Falten und ihre Augen blitzten vorwurfsvoll. Jakob schüttelte den Kopf und seufzte. Er musste sich diese Geste bei irgendeinem Lehrer abgeschaut haben, der sich gerade daranmachte, eine miserabel ausgefallene Klassenarbeit zurückzugeben. Luisa wickelte eine blonde Haarsträhne fest um ihren Finger, wie sie es immer tat, wenn sie verärgert oder frustriert war. Ihr Gesichtsausdruck sagte so viel wie: *Hätte ich nicht von vornherein gewusst, dass du ein Versagervater bist, wäre ich vielleicht sogar enttäuscht.*

»Okay, raus mit der Sprache: Was ist los?«

»Nichts.« Luisa zuckte mit den Achseln. »Was soll schon los sein? Wir frühstücken – wie immer.«

Ihr schnippischer Tonfall ließ Johanns Blutdruck steigen. »Leute, ich habe keine Zeit für solche Spielchen ...«

»Dass du keine Zeit hast, merkt man«, unterbrach ihn Jakob.

Ehe Johann etwas erwidern konnte, fragte Carlotta: »Papa, hast du vergessen, was du uns versprochen hast?«

»Äh ...?«, erwiderte Johann. Er hatte etwas versprochen? Was zum Henker hatte er denn versprochen?

Luisa verdrehte die Augen.

Ehe Johann sie zurechtweisen konnte, sprach Till es empört aus: »Kein Gute-Laune-Frühstück!« Er schüttelte empört den Kopf.

»*Verflixt!*« Johann schlug sich gegen die Stirn. »Das Frühstück!«

Alle vier Kinder nickten.

Nun fiel es ihm wieder ein. Er hatte seinen Kindern ein Gute-Laune-Frühstück versprochen. Es war eine Erfindung von Linda gewesen. Irgendwann hatte sie beschlossen, dass auch der Alltag Wertschätzung verdiene. Ab und zu hatte sie daher ohne irgendeinen besonderen Anlass ein opulentes Frühstück für ihre Familie vorbereitet: mit frisch gepresstem Orangensaft, noch warmen Brötchen vom Bäcker, Schokoladenschnitten fürs Brot, Bananenshake und Obstsalatmüsli. Johanns Blick fiel auf den hastig gedeckten Tisch. Stattdessen gibt es nur traurigen Toast mit Marmelade oder Honig.

»Seid ihr nicht schon ein bisschen zu alt dafür?«

Carlotta und Till starrten ihn an, als wäre gerade ein Ufo auf seinem Kopf gelandet. Luisa schnaufte verächtlich und

Jakob schüttelte den Kopf: »Und mir sagst du immer, ich würde ständig eine Ausrede parat haben.«

»Ich hab dich vor zwei Tagen noch daran erinnert«, sagte Luisa. »Und du hast gesagt, du hättest das auf dem Schirm.«

Johann, der sich an dieses Gespräch nicht erinnern konnte, aber argwöhnte, dass ein Hinweis darauf nicht zur Entspannung der Situation beitragen würde, hob in einer Geste der Kapitulation beide Hände. »Okay, ich habe verstanden. Ich habe als Vater abgrundtief versagt.«

Carlotta nickte. »Du hast den Hammer voll auf den Kopf gehauen!«

»Das heißt, du hast den Nagel auf den Kopf getroffen«, korrigierte Luisa.

»Ist doch das Gleiche.«

»Ist es nicht.«

»Wohl!«, fauchte Carlotta.

»Keine Gute-Laune!«, jammerte Till, der offensichtlich nicht bereit war, sich von seiner Enttäuschung ablenken zu lassen.

»Können wir jetzt essen? Ich habe Hunger!«, beschwerte sich Jakob.

»Du kannst nicht einfach irgendwelche Sprichwörter erfinden!«, belehrte Luisa ihre jüngere Schwester.

»Leute, es reicht!«, sagte Johann.

»Klar kann ich das!«, fauchte Carlotta, die Anweisungen ihres Vaters souverän ignorierend. »Außerdem ist das nicht erfunden. Einen Nagel haut man mit einem Hammer, ist doch klar. Oder womit machst du das? Du blöde ...«

»Schluss jetzt!«, rief Johann. Einen Moment lang starrten

ihn alle erschrocken an. »Ich verstehe, dass ihr enttäuscht seid, und es tut mir auch leid. Aber Streit macht die Sache nicht besser. Wer ...«, er stockte, weil das in diesem Kontext so gar nicht passen wollte, und fuhr dann schließlich doch fort: »Wer spricht das Tischgebet?« In solchen Momenten vermisste er Linda ganz besonders. Seine Frau hätte in diesem Chaos irgendwie die passenden Worte gefunden. Ihr Glaube war so viel tiefer und unmittelbarer und praktischer gewesen als seiner. Obwohl Worte sein Metier waren, blieb er so oft sprachlos, wenn es darum ging, gemeinsam mit seinen Kindern eine Gottesbeziehung zu leben.

»Na gut, ich mach's«, erklärte sich Till seufzend bereit, als habe ihn die ganze Familie minutenlang darum angefleht. Luisa lächelte etwas gequält und Jakob schielte ängstlich auf den Brotkorb. Till hatte die Eigenart, in seinen Gesprächen mit Gott etwas abzuschweifen.

»Danke, Till«, sagte Johann.

»Aber mach schnell«, fügte Carlotta wenig diplomatisch hinzu.

Till faltete umständlich die Hände und schloss die Augen: »Lieber Gott, wir haben uns hier versammelt, weil wir Hunger haben. Aber nicht so schlimm wie die Leute in Afrika und in Asien und in Amerika ... also nicht überall in Amerika, sondern nur da, wo die Leute nicht so dick sind. Bitte mach uns alle satt, aber die andern noch satter. Außerdem haben wir uns hier versammelt, weil wir sauer sind, weil Papa das Gute-Laune-Frühstück vergessen hat. Bitte mach die Löcher in Papas Gehirn wieder zu, damit nicht immer alles Wichtige rausfällt, aber lass noch ein paar übrig, damit die doofen Sachen rausfallen können. Bitte tu ein Wunder, dass Papa daran denkt, dass warme Brötchen und Bananenshake und leckeres Obst mit Annaisnass dazugehört ... und vor allem die Schokolade zum aufs Brötchen rauflegen ...«

»Amen?«, warf Jakob versuchsweise ein.

»Und bitte sei auch in der Schule dabei«, fuhr Till mit erhöhter Lautstärke fort. »Dass alle nett sind und voll gut lernen können. Und mach, dass Frau Schmidt mir keine Matheaufgaben schickt.« Nun verfiel er in den Sprachduktus der mittlerweile pensionierten Diakonieschwester Helga Grabowski aus dem Gemeindekirchenrat: »Wir preisen dich für deine wunderbare Schöpfung, außer für Mathe. Ich weiß nicht, warum du Mathe erfunden hast. Du hast so viele gute Ideen. Zum Beispiel Schmetterlinge und Dinos ... aber Mathe? Dafür preise ich dich nicht ... oder nur ein bisschen. Amen.«

»Amen!«, fiel der Rest der Familie erleichtert ein.

Jakob schaffte es, sechs Toastbrote in sich hineinzustopfen, ehe er loszog. Luisa löffelte einen Naturjoghurt mit Süßstoff. Carlotta verspeiste ein Toast mit Käse, Mortadella und Marmeladentopping und Till teilte den Honig auf seinem Brot gleichmäßig zwischen Fingern, Gesicht und Magen auf.

Nachdem alle Kinder – bis auf Till – gegangen waren, fuhr Johann seinen Rechner hoch. Frau Schmidt hatte, wie versprochen, Tills Schulaufgaben geschickt: ein Arbeitsblatt zum Thema Eichhörnchen, eine Leseübung und – Johann seufzte – ein Übungsblatt zum schriftlichen Dividieren.

Er druckte die Blätter aus und ging in Tills Zimmer. Es war leer. »Till?«

Keine Antwort.

Er suchte die Zimmer der Geschwister, das Wohnzimmer, die Küche und sogar den Keller ab. »Till, wo steckst du?«

Nichts.

»Till, das ist NICHT LUSTIG!«

Ein leises Klappern war zu vernehmen. Johann eilte dem Geräusch nach zurück in Tills Zimmer und sah gerade noch eine Hand, die an der Schranktür zog, um sie von innen zu schließen.

»Till, was machst du im Schrank?«

»Ich sitze.«

»Und warum sitzt du im Schrank?«

»Ich bin sauer!«

»Und dafür musst du extra in den Schrank gehen?«

»Nein.«

»Dann komm raus.«

»Nein.«

»Du kannst auch an deinem Schreibtisch sauer sein.«

»Ich warte.«

»Du bist in den Schrank gegangen, um zu warten?«

»Ja.«

»Darf ich fragen, worauf?«

»Ja.«

Johann seufzte. »Also worauf wartest du?«

»Auf Gott.«

»Im Schrank?«

»Hab ich doch gesagt.«

»Okay, okay. Frau Schmidt hat deine Schularbeiten geschickt. Ich lege sie dir hierhin, okay?«

»Na gut.«

»Die Aufgaben müssen heute erledigt werden.«

Ein unverständliches Grummeln war die Antwort.

Während Johann seine pädagogischen Optionen durchging, vernahm er das Klingeln seines Handys aus seinem Arbeitszimmer. Er klopfte an die Schranktür. »Wenn du Fragen hast, melde dich.«

Er interpretierte das leise Brummen durch die Tür hindurch als Zustimmung, hastete zurück ins Büro. Auf dem Display leuchtete »Schulz-Bonefeld« auf. Der Name seines Bankberaters. Nach kurzem Zögern nahm er ab.

3

TINTENANGRIFF

»Guten Tag, Herr Schulz-Bonefeld. Wie geht es Ihnen?«

»Sie sind wirklich schwer zu erreichen, Herr Weißborn.«

»Tja, ich habe wirklich viel zu tun ...«

»Natürlich. Es geht noch mal um Ihre Anfrage bezüglich der Tilgung der ausstehenden Raten.«

»Raten?«

»Ja, Sie sind mit zwei Raten in Verzug. Wir konnten den turnusgemäßen Betrag zum 30.11. nicht einziehen.«

»Oh. Das tut mir leid. Ich werde das klären.«

»Herr Weißborn, ich muss Ihnen sicherlich nicht erklären, dass wir als seriöses Unternehmen bestimmte Vorschriften einhalten müssen ...«

»Papa!«, rief es aus Tills Zimmer.

Johann verdeckte das Mikrofon seines Handys. »Jetzt nicht!«, rief er zurück.

»... meinen Vorgesetzten eingeschaltet«, beendete der Bankberater seinen Satz. »Das ist in solchen Fällen absolut üblich.«

»Wie bitte?«

»Ich sagte, das sei üblich.«

»Nein, davor. Was haben Sie davor gesagt?«

»Paapaa!«, schallte es erneut aus Tills Zimmer.

»Jetzt nicht! Warte bitte!«, rief Johann zurück, dann wandte er sich wieder seinem Telefonat zu. »Tut mir leid. Ich höre.«

»Ich kann über Ihren Antrag nicht ohne Zustimmung meines Abteilungsleiters entscheiden, muss Ihnen aber ehrlicherweise sagen, dass die Wahrscheinlichkeit einer Zustimmung seinerseits eher gering ist.«

Johann hörte ein Geräusch an der Tür und wandte sich um. Till stand im Zimmer. Seine Hände und sein Gesicht waren mit blauer Tinte verschmiert.

»Was zum ...«

»Gibt es Schwierigkeiten?«, fragte der Bankberater.

»Mein Sohn ist blau«, entfuhr es Johann.

Herr Schmidt-Bonefeld räusperte sich. »Nun ja, so etwas soll in den besten Familien vorkommen. Aber müsste ihr Sohn um diese Zeit nicht in der Schule ...?«

»Er ist zehn Jahre alt und er ist blau im wörtlichen Sinne. Sein Gesicht und seine Hände ...«

»Oh.«

»Till, fass nichts an. Ich bin gleich fertig! Tut mir leid, Herr Schulz-Bohnefeld. Ich muss mich jetzt um meinen Sohn kümmern.«

»Selbstverständlich. Ich melde mich, sobald ich mit meinem Vorgesetzten gesprochen habe.«

»Nichts anfassen!«, brüllte Johann, während er das Gespräch beendete. Er eilte auf seinen Sohn zu.

»Was hast du denn angestellt?!«

»Gar nichts!«

»Und warum bist du dann blau?«

»Das war ich nicht! Das war die Tinte!«

Johann ergriff Tills Handgelenk und führte ihn ins Bad.
»Okay, und wie hat es die Tinte geschafft, dein Gesicht und
deine Hände zu beschmieren?«

Er zuckte die Achseln.

»Ich nehme nicht an, dass sie dich im Schrank überfallen hat.«

»Nee, am Schreibtisch.«

Johann nahm einen Waschlappen, gab reichlich Seife darauf und begann, Tills Hände einzuseifen. »Und wie genau
ist das passiert?«

»Gott hat mir gesagt: *Jetzt ist mal genug, Till. Du musst aus
dem Schrank raus und nett sein.*«

»Okay?« Johann stellte fest, dass die Tinte recht hartnäckig war, und schrubbte etwas stärker.

»Also hab ich gedacht, ich schreib was Nettes aufs Papier.
Aber das ging nicht. Dann hab ich den Füller geschüttelt
und dann hat mich die Tinte angegriffen.«

»Verstehe. Und wie ist sie in deinem Gesicht gelandet?«

»Im Gesicht?« Till blickte in den Spiegel und grinste.
»Cool!«

»Ansichtssache«, meinte Johann. Er spülte den Lappen
aus und seifte Till erneut ein. »Augen zu!« Er begann, das
Gesicht des Jungen zu reinigen.

»Bäh!«, machte Till, der aus irgendwelchen Gründen den
Mund öffnete und Seife hineinbekam.

»Lass den Mund zu!«

»Hülfe!«

»Mund zu!«

»Hmhm.«

»Warte, ich spül die Seife ab.« Er spülte dem zappelnden Till, so gut es ging, das Gesicht ab.

»Wuä! Schmeckt nicht«, beschwerte sich Till.

»Deshalb sollst du ja den Mund zulassen! So, fertig.« Skeptisch betrachtete Johann sein Werk. Ein bläulicher Schimmer war übrig geblieben, inzwischen recht gleichmäßig auf der Haut verteilt. »Du kannst die Augen wieder aufmachen, Till.«

»Ich warte lieber noch.« Sein Sohn tastete mit geschlossenen Augen um sich und fegte die Seife vom Waschbecken.

Johann hob sie seufzend wieder auf. »Was wolltest du denn schreiben?«

»Wieso schreiben?«, fragte Till und betastete Johanns Bart. »Du piekst!«

»Eben hast du mir doch erzählt, dass Gott dir gesagt hat, du solltest was Nettes schreiben.«

»Ach so. Lieber Papa, du hast es falsch gemacht, als du das Gute-Laune-Frühstück vergessen hast. Aber wir sollen unseren Feinden verzeihen. Deshalb verzeih ich dir. Dein Sohn Till.«

»Oh ... das ist wirklich ... sehr nett.«

»Ich weiß«, sagte Till und tastete Carlottas Zahnputzbecher vom Waschbeckenrand.

Johann gelang es gerade noch, die Bürste vor einem Sturz

zu bewahren, doch der Becher fiel klappernd zu Boden. »Soll ich dir mal einen Trick verraten?«

»Okay.«

»Wenn du die Augen aufmachst, siehst du viel besser!«

»Hm.« Till hob versuchsweise das rechte Augenlid. Er linste in den Spiegel und riss gleich darauf begeistert beide Augen auf. »Krass! Ich seh aus wie Nebula.«

Johann hatte keine Ahnung, um wen es sich dabei handelte, beschloss aber, nicht nachzuhaken. »Hast du dir deine Hausaufgaben schon angeguckt?«

»Wie denn?«, empörte sich Till. »Ich musste ja die Augen zumachen!«

»Verstehe, dann ist es natürlich schwierig.«

»Merkste selber!«, bemerkte Till und machte dabei so ein altkluges Gesicht, dass Johann schmunzeln musste.

»Gut, dann gucken wir uns das Ganze jetzt mal zusammen an, okay?«

»Na gut, wenn's sein muss.«

Nach zwei Stunden Mathe, inklusive Tränen, Wutanfällen und längeren Diskussionen durch die Schranktür hindurch beschloss Johann, dass er nicht zum Grundschulpädagogen berufen war. »Okay, machen wir Schluss für heute.«

»Okay«, schniefte Till.

»Räumst du bitte deine Sachen weg, wenn du den Schrank verlassen hast?«

4

ÜBERRASCHUNG

Johann seufzte leise und setzte sich wieder an seinen Schreibtisch. Nachdem er eine weitere Stunde mit seinem Kapitel gekämpft hatte, verkündete sein E-Mail-Programm das Eintreffen einer Nachricht über seine Webseite. Johann ließ sich gerne ablenken. Bei solchen Nachrichten handelte es sich meist um Rückmeldungen seiner Leserinnen und Leser, die ihn in der Regel ermutigten. Manchmal beschwerten sie sich auch, weil irgendetwas nicht ihren Vorstellungen entsprach. Eine seiner Leserinnen hatte sich tatsächlich die Mühe gemacht, jede Stelle aufzulisten, die sie als diskriminierend empfand, ohne dabei zu berücksichtigen, dass es sich bei den handelnden Personen in aller Regel um die Antagonisten handelte, also um Schwerstkriminelle und Mörder.

Diese Mail stammte allerdings von einer Buchhändlerin. Offenbar hatte sie mit Johanns Agentin Juliane eine Lesung vereinbart und wollte nun noch einmal sicherstellen, ob alles in Ordnung ginge. Johann konnte sich an eine solche Absprache nicht erinnern, was möglicherweise auch daran lag, dass er seine Nachrichten nur äußerst unregelmäßig checkte.

Die Buchhändlerin hieß Anna Engelmann. Sie hatte ganz in der Nähe einen kleinen Buchladen eröffnet und wollte mit einer Lesung ihren Bekanntheitsgrad steigern. Das Honorar war nicht besonders großzügig und lag unterhalb des vom Verband deutscher Schriftsteller empfohlenen Standards. Andererseits wurden Lesungshonorare in der Regel sofort ausgezahlt und nicht erst irgendwann am Ende des Jahres. Das machte die ganze Angelegenheit ausreichend attraktiv. Johann bestätigte den Termin. Dann machte er sich wieder daran, an seinem Manuskript zu arbeiten. Doch irgendwie wollte sich der Flow nicht einstellen. Immer wieder ertappte er sich dabei, wie er minutenlang auf den immer gleichen Satz starrte. Neben seinem Laptop türmte sich das Schokoladenpapier, und schließlich ertappte er sich dabei, dass er bei seiner Recherche abgeschweift war und sich seit über zwanzig Minuten in einen Artikel über Paläogenetik vertieft hatte, dessen Relevanz bezüglich seines aktuellen Projekts maximal im einstelligen Promillebereich lag. Er seufzte, griff nach der Schüssel mit Schokoriegeln und stellte fest, dass sie leer war. Grob überschlagen hatte er für eine knappe halbe Seite Text 1.200 Kalorien zu sich genommen. Nichts, worauf man stolz sein konnte.

Es klingelte. Er sah auf die Uhr: 14.10 Uhr. Das musste Carlotta sein. Mist, er hatte noch nichts für das Mittagessen vorbereitet. Die Kantine in der Schule musste wegen Schimmelbefall grundsaniert werden, und das hieß, dass es für mehrere Monate keine warmen Mahlzeiten vor Ort gab.

Er hastete zur Tür. »Hi, Kleine«, begrüßte er seine Tochter. »Wie war's in der Schule?«

»Du brauchst gar nicht zu schimpfen!«, sagte Carlotta und stapfte herein.

»Wie erfreulich«, erwiderte Johann. »Ich schimpfe nämlich nicht gern.« Er betrachtete das ernste Gesicht seiner Tochter und fragte: »Was ist passiert?«

»Ich habe nur Fatma verteidigt!«

»Verstehe.« Auf dem Weg in die Küche berichtete Carlotta: »Der Rudolf hat sie die ganze Zeit geärgert. Der hat immer an ihrem Zopf gezogen, und Frau Petersen hat nur gesagt, sie soll endlich ruhig sein.«

»Und dann?«, fragte Johann, während er Wasser für einen Topf Spaghetti aufsetzte.

»Dann hab ich gedacht, ich zieh Rudolf einfach ein bisschen zurück, dann kommt er nicht mehr an Fatma heran.«

»Und dann?«

»Hab ich das gemacht.«

»Und dann?«

»Kam er nicht mehr an Fatma ran.«

Johann blickte seine Tochter ernst an. »Aber deshalb gab es doch keinen Ärger?!«

»Stimmt.«

»Carlotta, jetzt lass dir nicht alles aus der Nase ziehen. Was ist dann passiert?«

»Rudolfs Stuhl ist umgekippt und dann hat er sich auf dem Boden gewälzt wie Neymar. Und dann ist Frau Petersen voll ausgerastet und hat gesagt, dass ich nicht einfach Menschen verletzen kann und dass ich gleich einen Tadel kriege und die Rektorin mit dir sprechen soll.« Sie presste die Lippen zusammen. Johann kannte diesen Blick. Sie war kurz davor, in Tränen auszubrechen. »Ich wollte ja gar nicht, dass er verletzt wird. Ich wollte nur, dass er aufhört, Fatma zu ärgern.« Etwas leiser fügte sie hinzu. »Und außerdem hat er nur ganz wenig geblutet.«

Johann setzte sich auf den Küchenstuhl. »Komm mal her.«

Sie schüttelte den Kopf.

»Jetzt komm schon her.« Er breitete die Arme aus.

Carlotta schmiegte sich an ihn. Er konnte sie schluchzen hören. »Manno, jetzt muss ich weinen.«

»Ist nicht schlimm. Ich verrat's keinem.«

»Warum heult die denn?«, meldete sich Tills Stimme vom Kücheneingang her.

»Das kann sie dir später selber erzählen. Jetzt sei so lieb und hol ein Taschentuch.« Johann wandte sich wieder seiner Tochter zu. »Du wolltest also Fatma helfen.«

»Ja.«

»Und du wolltest Rudolf nicht wehtun.«

»Nein! Also allerhöchstens ein ganz kleines bisschen. Aber ich wollte nicht, dass er blutet.«

»Hast du dich entschuldigt?«

»Ja, aber er hat so laut geflennt, dass er mich wahrscheinlich nicht gehört hat.«

»Verstehe. Es sieht so aus, als müssten wir das in Ordnung bringen.«

Carlotta schniefte. »Ja.«

»Ich rede mit der Rektorin, du mit Rudolf. Abgemacht?«

»Gut!« Sie schniefte.

»Hier!« Till tauchte wieder auf und drückte Johann eine Rolle Klopapier in die Hand.

»Was soll ich denn damit?«

»Sicher ist sicher.« Er deutete auf Carlotta.

»Okay, Kleine. Dein Bruder glaubt, dass du eine ganze Rolle Klopapier vollschnauben kannst. Schaffst du das?«

»Ich bin nicht klein!«, empörte sich Carlotta und trötete in das Klopapier. Nach fünfmal schnauben warf sie ein dickes Knäuel Klopapier in den Mülleimer.

»Wie, das war alles, mehr hast du nicht drauf?«, fragte Johann.

»Klar!«, erwiderte Carlotta und schnaubte weiter. Till feuerte sie an und die gute Laune war wiederhergestellt.

Johann bereitete indessen Spaghetti mit Tomatensoße zu. Es war das dritte Mal innerhalb einer Woche. Aber glücklicherweise waren die Kinder genügsam.

Etwas später stieß auch Jakob hinzu. Luisa hatte heute eine Doppelstunde Sport und würde erst am Nachmittag nach Hause kommen.

Nach dem Essen verschwanden die Kinder in ihre Zimmer.

»Papa, wo sind denn unsere Kalender?«, fragte Carlotta.

Mist! Johann spürte, wie ihm das Blut in die Wangen schoss. Glücklicherweise war keines der anderen Kinder in der Nähe. Es war wohl an der Zeit, die Notfallnummer zu wählen. Er fischte sein Handy aus der Hosentasche.

Nach dreimal klingeln meldete sich eine freundliche Frauenstimme. »Ja, mein Lieber. Was hast du auf dem Herzen?«

»Hallo, Sofia. Wieso glaubst du, dass ich etwas auf dem Herzen habe?«

»Weil heute nicht Samstag ist. Samstag ist dein Plaudertag, alle anderen sind Problemtage.«

»Ach, ist das so?«

»Erfahrungswerte, mein Lieber. Also, was ist das Problem?«

Johann erzählte es ihr, und er bekam die Antwort, die er erhofft hatte. Erleichtert und mit einem Hauch von schlechtem Gewissen legte er auf.

Etwas drei Stunden später bat er Jakob, auf seine jüngeren Geschwister aufzupassen. »Ich muss noch mal kurz weg.«

Sofia erwartete ihn schon und drückte ihm vier gut gefüllte Beutel in die Hand. »Ich habe dir aufgezeichnet, wie du sie aufhängen musst.«

»Du bist die Beste!«, er drückte ihr einen Kuss auf die Wange.

»Knuddel die Kinder von mir!«

»Ich fürchte, die Knuddelzeit ist vorbei. Inzwischen bin ich zu mindestens 75 Prozent peinlich.«

Zu Hause versteckte er die Beutel im Schrank.

Der Rest des Tages verging wie im Flug. Luisa kam spät und war schweigsam wie immer. Beim Abendbrot aß sie ein Knäckebrot mit fettarmem, vegetarischem Aufstrich ohne Butter. Jakob sagte irgendetwas, worüber sie sich furchtbar aufregte. »Hört auf euch zu streiten!«, fuhr Johann die beiden an. »Und iss endlich etwas Vernünftiges!«, fügte er an Luisa gewandt hinzu.

Woraufhin sie mit Tränen in den Augen aufsprang und in ihrem Zimmer verschwand.

Johann seufzte. Diese Stimmungsschwankungen brachten ihn an seine Grenzen. Er würde irgendwann in Ruhe mit ihr reden, jetzt brachte das nichts. Sie würden sich nur anschreien. Nach dem Abendessen verzog sich Jakob in sein Zimmer und Johann ging mit den beiden Kleinen ins Bad. Beide Kinder putzten sich die Zähne und Johann kämmte Carlottas wirre Locken durch. Till nutzte einen unbeobachteten Moment, um aus dem Bad zu schleichen. Kurz darauf hörte man aus der Küche seine aufgeregte Stimme: »Was ist denn da im Schrank?«

»Till, mach sofort die Tür zu!«

»Wieso denn?«, fragte er.

»Tür zu!«

»Was ist denn da im Schrank?«, wollte nun auch Carlotta wissen.

»Warte hier, Lotti!«

Johann eilte die Stufen hinab in die Küche.

Er hörte rasch eine Schranktür zuschnappen. Als er in die Küche kam, stand Till kerzengerade neben der Spüle und tat so, als würde er aus dem Fenster sehen.

»Ist da was für uns im Schrank?«, hakte Carlotta nach, die natürlich nicht im Bad geblieben war.

»Lasst euch überraschen«, brummte Johann. »Und jetzt raus, alle beide.«

Die Geschwister maulten noch ein wenig, gaben sich dann aber geschlagen, angesichts seiner ausgefeilten Argumentation, dass eine Überraschung nur dann eine Überraschung sei, wenn man im Anschluss überrascht sei und nicht alles schon vorher wüsste.

Niemand ahnte, welche Ereignisse diese Überraschung letztlich in Gang setzen sollte ...

5

SCHLAUES GEHIRN
MIT FOLGEN

Libes Tagebuch,
gestern hat Papa eine Überraschung mitgebracht. Er will nich
varaten was es is. Aber ich hör wie es an der Tür raschelt.
Nachher kuck ich mal haimlisch nach.
   Gute Nacht,
   Lotta

Sein Radiowecker riss Johann unsanft aus dem Schlaf und
begrüßte ihn mit dem Wetterbericht: Die Temperaturen
würden sich um den Gefrierpunkt herum bewegen und es
sei mit gefrierender Nässe zu rechnen. Das waren keine
Worte, mit denen man in den Tag geschickt werden wollte.
Reaktionsschnell schaltete er das Gerät aus und kroch aus
dem Bett. Als er hinaus in den Flur stapfte, fiel sein Blick
auf die Kinderzimmertüren. Er riss die Augen auf. Kurz vor
Mitternacht hatten an jeder Tür noch 24 kleine Päckchen
gehangen, jeweils an eine rote Samtschnur gebunden, die

er in Tannenbaumform an die Türen festgeklebt hatte. An Tills und Carlottas Türen hing ein trauriges rotes Band, an dem noch Fetzen von buntem Geschenkpapier erkennbar waren. Die Türen der Zwillinge waren bis auf ein paar Tesastreifenreste nackt.

»Wer war das?!«, rief Johann. Niemand antwortete. Erst jetzt vernahm er leise Musik aus Jakobs Zimmer. Vermutlich hatte sein Ältester sich den Wecker gestellt, überhörte ihn aber im Teenager-Halbkoma, wie üblich. Auf einer der Türklinken erkannte Johann braune Spuren, die verdächtig nach Vollmilchschokolade aussahen.

Er riss die Tür auf: »Till!«

Die gekünstelten Schnarchgeräusche seines jüngeren Sohns nahmen an Lautstärke zu.

»Till!«

»Was is'n los?« Tills pausbäckiges Gesicht erhob sich aus den Kissen. Er blinzelte. »Ich schlafe noch ...«

»Warst du das?«

»Was denn?«, fragte Till. Sein schlechtes Gewissen war aus jeder Silbe herauszuhören.

»Du weißt ganz genau, wovon ich rede!«

»Ich fühl mich nicht so gut. Ich glaub, ich hab Fieber.« Er griff sich theatralisch an die Stirn. »Am besten, ich mach die Augen wieder zu und ...«

»Till, die Schokoflecken an der Türklinke verraten dich.«

»Schokoflecken? Kann ja gar nicht sein!« Er wischte sich hastig mit dem Unterarm über den Mund, was sein Abstreiten nicht glaubwürdiger machte.

»Steh auf, Till!«

Sein Sohn kroch umständlich aus dem Bett und tappte hinaus auf den Flur.

Johann deutete auf die ausgeräuberten Adventskalender. »Hier, sieh dir das an!«

»Ist ein bisschen schief«, bemerkte Till kleinlaut.

»Schief? Die ganze Schokolade wurde geklaut!«

»Aber den Tannenbaum sieht man noch.«

»Wenn du nur deinen eigenen ausgeräubert hättest, würde ich ja nichts sagen. Aber alle anderen sehen genauso aus.«

»Das war ich nicht!« Till schüttelte heftig den Kopf »Wirklich nicht!«

»Till!«

»Ich hab nicht alles aufgefuttert, ehrlich nicht!«

Carlottas Tür öffnete sich. »Ich kann nicht schlafen!« Ihre Augen blinzelten vorwurfsvoll unter ihren wirr ins Gesicht hängenden Haaren hervor.

Johann warf einen Blick auf ihr empörtes Gesicht und runzelte die Stirn. »Ach, und warum nicht? Weil du ebenfalls genascht hast?«

»Wieso ich?« Carlotta verschränkte ihre Arme vor der Brust. Johann setzte gerade an, ihr ordentlich ins Gewissen zu reden, als die nächste Tür sich öffnete.

»Was ist denn das hier für ein Lärm?«, brummte Jakob und schlurfte aus seinem Zimmer.

Johann warf ihm einen scharfen Blick zu. Sein älterer Sohn war bei Weitem nicht so müde, wie er vorgab, und er vermied es geflissentlich, zu den verschwundenen Kalendern an den Türen zu gucken.

Johann stürmte in das Zimmer des 13-Jährigen. Im Papierkorb fand er, amateurhaft versteckt unter zerknülltem Papier, haufenweise zerrissenes Geschenkpapier. Er zog die Schublade des Nachttischs auf und fand darin die kläglichen Reste des Adventskalenders.

»Das kann doch nicht wahr sein!«, entfuhr es Johann.

Falls Jakob ein schlechtes Gewissen verspürte, war es seinem wortlosen Achselzucken nicht anzusehen.

»Leute, was habt ihr euch dabei gedacht?«

Inzwischen hatte auch Luisa ihr Zimmer verlassen. »Was ist denn hier los?«, fragte sie. Allerdings wirkte sie weniger überrascht, als ihr Tonfall vorzugeben schien.

Johann starrte sie an. »Was ist mit deinem Kalender passiert?«

Seine älteste Tochter wich seinem Blick aus.

»Ich glaub's einfach nicht«, Johann schüttelte fassungslos den Kopf. »Familienkonferenz in zwanzig Minuten!«

Fast pünktlich saß die ganze Familie schweigend am Küchentisch. Johann ließ seinen Blick über die versammelte Kinderschar schweifen. Till hatte die Hände auf dem Tisch gefaltet und blickte treuherzig zu ihm auf. Jakob hatte seine Ich-bin-Teenager-mir-ist-alles-egal-Maske aufgesetzt. Carlotta hingegen hatte die Arme vor der Brust verschränkt und starrte ihren Vater vorwurfsvoll an, als wäre er an allem schuld. Luisas Gesicht war unter dem Vorhang ihrer langen blonden Haare nicht zu erkennen. Ihr Verhalten irritierte ihn am meisten.

»Leute, ich kann euch gar nicht sagen, wie enttäuscht ich bin«, sagte Johann. »Schaut euch das an! Das sind keine

Adventskalender mehr, das ist ein Haufen Müll!« Er deutete auf die traurigen Reste.

»Das darfst du so nicht sagen!«, warf Till erbost ein. »Das ist disministrierend. Man muss sagen: Adventskalender mit Beeinträchtigung!«

Johanns Mundwinkel zuckten kurz. »Wisst ihr, diese Adventskalender verdankt ihr Oma Sofa und Opa Holger.« Oma Sofa hatte ihren Spitznamen Till zu verdanken, der als kleiner Junge erhebliche Schwierigkeiten gehabt hatte, Sofia auszusprechen. Johann blickte seine Kinder der Reihe nach an. »Die beiden haben stundenlang daran gesessen und alles eingepackt, weil sie euch eine Freude bereiten wollten! Dabei haben sie peinlich genau darauf geachtet, für jeden das Gleiche einzupacken, damit es keinen Streit gibt. Das sind 96 handverpackte Päckchen. 96! Und die Schokolade war nicht irgendein billiges Zeug, sondern richtig edel. Heute früh sollte der Anblick der Kalender an euren Türen eine tolle Überraschung für euch werden. Oma und Opa waren richtig traurig, dass sie nicht dabei sein konnten. Ehrlich gesagt: Ich bin froh darüber. Stellt euch vor, sie hätten an meiner Stelle heute die Kalender entdeckt.« Sein Blick schweifte über die vier Kinder. »Nun, was habt ihr dazu zu sagen?«

»Ich war das nicht!«, sagte Till weinerlich.

»Du hast keine Süßigkeiten aus dem Kalender genascht?«, bohrte Johann nach.

»Na ja, ich hab schon ein bisschen ...«, er verstummte und verteidigte sich dann: »Aber nur von meinem Kalender!«

»Till, was genau ist passiert?«

Sein Sohn schien einen halben Kopf kleiner zu werden. »Ich konnte nicht schlafen in der Nacht«, druckste er herum. »Mein Gehirn hat die ganze Zeit nachgedacht, obwohl ich ihm gesagt hab, es soll schlafen – über die doofe Schule zum Beispiel und über Star Wars und ein bisschen über Mama und über 'nen Astdroiden, der auf die Erde zurast und den wir aufhalten müssen, mit einer Rakete mit Hippoantrieb. Und die ganze Zeit hab ich mich so hin- und her gewälzt. Na ja, und dann hab ich auf einmal Hunger bekommen. Also bin ich aufgestanden, weil ich mal in den Kühlschrank reinschauen wollte. Und dann plötzlich seh ich die ganzen Kalender an den Türen hängen. Und da hab ich mir gedacht, ich kann ja in meinen Kalender vorsichtshalber schon mal reingucken. Weil es ja bestimmt schon fast morgen ist, und dann darf man ja sowieso was naschen. Na ja, und das habe ich dann auch gemacht ...« Till verstummte.

»Und?«, fragte Johann.

»Hat gut geschmeckt.«

»Und?«, bohrte Johann weiter nach.

»Und dann hat mich mein Gehirn gefragt, ob die Süßigkeit vom zweiten Tag genauso gut ist wie vom ersten.«

»Und?«

»War so.«

»Und dann?«

»Dann hat mein Gehirn gedacht, wenn die ersten zwei Päckchen so gut schmecken, ist das dritte bestimmt auch lecker.«

Johann hob auffordernd die Brauen.

»Ich muss sagen, mein Gehirn ist ganz schön schlau. Das war nämlich ganz genau so.«

In Erinnerung an das lukullische Ereignis lächelte Till versonnen. Dann wurde sein Blick wieder ernst. »Und dann hab ich noch ein kleines bisschen weiterprobiert ... und auf einmal war der Kalender leer.«

Johann nickte. »Und dann hast du probiert, wie die Schokolade in den anderen Kalendern schmeckt!«

Till schluckte trocken. »Ich wollte nur nachgucken – ehrlich. Also hab ich eins oder auch ein bisschen mehr ausgepackt, um nachzugucken. Und dann sind die plötzlich auf den Boden gefallen ... und da habe ich mich so erschrocken, dass ich sie gleich aufgegessen habe.«

»Den ganzen Kalender?«

Till schüttelte den Kopf. Seine runden Bäckchen bebten. »Nein! Nur ganz wenige. Die waren ja auf dem Boden und ganz dreckig und so. Die konnte ich ja sowieso nicht mehr zurückpacken.«

»Das war mein Kalender!« Carlotta schüttelte entrüstet den Kopf. »Du kannst nicht einfach meinen Kalender aufessen! Man darf nicht stehlen, Till, weißt du das nicht? Schon gar nicht Marzipan, weil ich Marzipan nämlich liebe.«

Johann runzelte die Stirn. »Und wie ist es mit den Nougat- und Haselnusstücken?«

»Die hat er auch geklaut«, bestätigte Carlotta. »Aber Nuss schmeckt mir nicht so doll.«

»Hat Till etwa auch die mit Rosinen gegessen?«, bohrte Johann nach.

»Rosine war gar nicht dabei«, erwiderte Carlotta, ohne ihren vorwurfsvollen Blick von Till abzuwenden.

»Weißt du, was ich mich frage?«

»Welche Schoki dir am besten geschmeckt hätte?«

»Nein, ich frage mich, woher du das weißt.«

»Häh?«

»Woher weißt du, welche Schokoladensorten in dem Kalender waren, obwohl Till sie doch angeblich komplett verzehrt hat?«

»Ich bin schlau!«, erwiderte Carlotta trotzig. Die Röte stieg ihr ins Gesicht.

Johann schüttelte den Kopf. »Das kann wirklich nicht wahr sein, Carlotta! Du spielst hier das arme Opfer und hast selber genascht?«

»Das war Selbstverteidigung! Ich wusste ja nicht, wann der Dieb wiederkommt. Und da habe ich mir gedacht, bevor der den Rest auch noch aufisst ...« Sie ließ den Satz unvollendet.

Johann schüttelte fassungslos den Kopf. »Und dann hast du dir gedacht, wenn du schon dabei bist, alles vor dem Dieb zu retten, dann kannst du ja auch gleich noch die anderen Kalender leeren.«

»Nee!«, widersprach Carlotta empört. »Hab ich nicht!«

Johann sah in die Runde. Sein Blick blieb an Jakob hängen. Das Gesicht seines älteren Sohns blieb ausdruckslos, aber dessen Wangen waren gerötet.

»Kann es sein, dass du heute Nacht auch auf Toilette musstest?«

»Nein, ich hab ein Geräusch gehört.«

»Und dann hast du die ausgeräuberten Kalender deiner Geschwister gesehen und du konntest dich nicht beherrschen und musstest auch ein wenig naschen?«

»Ich hab nur meinen Kalender in Sicherheit gebracht.«

»In deinem Magen?«

»Na ja, ist doch mein Kalender, dann kann ich die Schokolade doch essen, wann ich will. Außerdem ist ja noch was übrig.«

Johann schnaufte und wandte sich Luisa zu: »Und du hast deinen Kalender auch in Sicherheit gebracht, nehme ich an?«

Seine ältere Tochter presste die Lippen zusammen und erwiderte trotzig seinen Blick.

Er seufzte. »Von dir hätte ich wirklich etwas anderes erwartet.«

»Ach, und warum?«, zischte sie. »Weil ich immer die Perfekte sein muss?«

»Perfekt?«, rief Johann wütend. »Was bitte schön ist perfekt daran, einen Adventskalender so zu verwenden, wie er gedacht ist? Jedes Kindergartenkind bekommt so etwas hin. Nur meine Kinder offensichtlich nicht!«

Till zuckte erschrocken zusammen. Carlotta wirkte betroffen, Jakob schaute mit glasigem Blick an ihm vorbei und Luisa starrte auf ihre Hände.

»Leute, es geht mir nicht um die Schokolade. Hätte ich euch irgendwelche gekauften Kalender an die Wand gehängt, wäre ich nicht so enttäuscht, wenn ihr sie in einer Nacht ausgeräubert hättet. Aber hier geht es um Wertschätzung ...«

»Wir sollen was schätzen?«, unterbrach Till irritiert. »Aber ich bin voll schlecht in Mathe.«

»Wertschätzung heißt, sehen zu können, was wirklich wertvoll ist. Und das Wertvolle an diesem Kalender ist nicht die Schokolade, sondern dass Oma und Opa an euch gedacht haben und euch eine Freude machen wollten.«

»Wir wussten ja nicht, dass sie von Oma und Opa sind«, merkte Carlotta kleinlaut an.

»Das macht die Sache natürlich gleich viel besser!«, entfuhr es Johann.

»Ehrlich?«, Till wirkte erleichtert.

»Nein, Till«, seufzte Johann.

»Hä? Aber warum sagst du das dann?« Er stemmte die Fäuste in die Hüften. »Man darf nicht lügen, hast du selbst gesagt.«

»Das war Ironie«, erklärte Johann.

»Was für'n Ding?«

»Man sagt zwar das Gegenteil von dem, was man meint, aber so, dass es jeder merkt.«

»Ich hab's aber nicht gemerkt.«

»Papa will sagen, dass Ironie keine richtige Lüge ist«, mischte sich Carlotta ein. »Es ist wie Wahrheit, nur ein bisschen anders ...«

»Wahrheit mit Beeinträchtigung?«, schlug Till vor.

»Ja, genau!«, Carlotta nickte eifrig. »Ironie ist Wahrheit mit Beeinträchtigung.«

Luisa kicherte und auch Jakob konnte ein Lächeln nur halb unterdrücken.

Johann blickte in die Gesichter seiner Kinder und spürte, wie sein Zorn verrauchte. »Okay, Leute, wie es aussieht, haben wir heute früh alle etwas dazugelernt. Ich werde wegen der Kalender nicht mehr schimpfen. Aber ihr müsst auch daraus lernen. Neue Kalender besorge ich euch nicht.« Er sah auf die Uhr. »Zeit für die Schule.«

6

TEXTAUFGABEN UND
DER EINÄUGIGE TROLL

Till blieb am Tisch sitzen. »Ist Frau Weber wieder gesund?«, fragte er.

Johann seufzte. Die Inklusionsbegleiterin mit dem demotivierten Immunsystem hätte er beinahe vergessen. Er nahm sein Smartphone zur Hand und checkte seine E-Mails. Frau Schmidt hatte neue Aufgaben geschickt. »Okay, sieht so aus, als müsstest du heute wieder zu Hause bleiben.«

»Nicht so schlimm«, sagte Till jovial. »Ich bin Spezialist im Homskuling.«

Johann lächelte gequält. »Geh schon mal in dein Zimmer, ich druck dir dann gleich deine Aufgaben aus.«

Nachdem die Zwillinge und Carlotta sich verabschiedet hatten, fuhr Johann seinen Rechner hoch. Er druckte die Aufgaben für Till aus. Beinahe eine halbe Stunde nahm es in Anspruch, Till zu erklären, was er zu tun hatte. Dann saß er wieder am Rechner und öffnete sein Manuskript. Er las das letzte Kapitel, um wieder in den Flow zu kommen, entdeckte dann aber etliche holprige Formulierungen, die er rasch korrigierte. Als er das Kapitel noch einmal las, hatte er den Eindruck, dass die ganze Szene in sich nicht stimmig war. Er öffnete die Datei, in der er den Plot des Romans skizziert hatte, und blieb an der gleichen Stelle hängen. Seine eigene Geschichte überzeugte ihn nicht. »Verflixt!« Er fuhr sich durch die Haare. Das Buch war bereits zu einem Viertel geschrieben, der Abgabetermin rückte unaufhaltsam näher. Er konnte jetzt nicht alles wieder über den Haufen werfen.

»Papa!« Till stand im Türrahmen und schaute ihn vorwurfsvoll an. »Ich versteh das nicht!«

Johann blickte genervt auf, sah die Verzweiflung im Gesicht seines Sohns und versuchte, seine Frustration zu unterdrücken. »Okay, zeig mal her.«

Till reichte ihm ein zerknittertes Blatt Papier. Etliche durchgestrichene Zahlen deuteten auf den vergeblichen Kampf mit der Aufgabe hin.

Kevin und Tom sparen für ein neues Playstation-Spiel. Kevin hat 4 € in seinem Sparschwein und Tom 5 €. Leider kostet das Spiel aber das Fünffache des gesamten Sparbetrages.

a) Wie teuer ist das Spiel?

b) Wie viel Geld müssen die beiden noch sparen, um es sich leisten zu können?

»Okay«, setzte Johann an. »Was verstehst du nicht?«
»Alles!«
»Was ist denn die Aufgabe?«

»Weiß ich nicht!«

»Was wollen Kevin und Tom?«

»Woher soll ich das wissen? Ich kenn die nicht.«

»Was steht denn im Text?«

Till zuckte die Achseln.

»Lies doch einfach noch mal.«

Stockend las Till die Aufgabe vor.

»Also, was wollen sich die beiden kaufen?«

»Das steht da nicht!«

»Doch, natürlich. Sie wollen ein Playstation-Spiel kaufen.«

»Von Kaufen steht da nix, nur vom Sparen und von Schweinen.«

»Aber damit ist gemeint, dass sie Geld ansparen, um sich dann das Spiel kaufen zu können.«

»Wenn das so gemeint ist, warum steht das dann nicht da?«

»Weiß ich auch nicht. Aber wir müssen eben das Beste daraus machen. Also, die beiden wollen zusammen das Spiel kaufen ...«

»Echt? Woher weißt du das? Vielleicht können die sich gar nicht ausstehen oder wohnen an ganz verschiedenen Orten oder haben nie Zeit zum Spielen oder ...«

»Till, das steht da!«

»Wo denn? Da steht nur, dass sie für ein Spiel sparen.«

Johann warf einen Blick auf den Text. »Okay, du hast recht. Aber das ergibt sich aus den weiteren Fragen.«

»Das weißt du nur, weil du ein Auto bist.«

»Was?«

»Na, weil du auch ständig irgendetwas schreibst, aber Menschen mit normalem Gehirn, so wie ich zum Beispiel, können so was gar nicht wissen.«

»Das heißt Autor und auch Autoren haben ein relativ normales Gehirn.«

»Aber nicht ganz normal«, beharrte Till.

»Okay. Meinetwegen, nicht ganz normal.« Johann blickte auf die Uhr. »Die Aufgabe lautet: Wie viel ist vier plus fünf mal fünf?«

»Echt jetzt? Warum schreiben die das nicht gleich?«

»Keine Ahnung, dein Mathebuch spricht nicht mit mir«, erwiderte Johann.

»Schade«, Tills Gesicht bekam einen verträumten Ausdruck. »Das wär doch voll krass. Zum Beispiel könnte es erzählen, dass es Mathe eigentlich doof findet und viel lieber eine spannende Geschichte wäre. Zum Beispiel eine, in der nachts in einer Spielzeugfabrik ein Troll einbricht, der sein verloren gegangenes Auge sucht. Und der ...«

»Till«, unterbrach Johann. »Schreib bitte die Aufgabe auf.«

»Ist ja gut.« Der Junge begann erkennbar motivationsfrei, Zahlen auf das Papier zu kritzeln. »Weißt du eigentlich, wie der Troll sein Auge verloren hat? Das war nämlich so ...«

»Vier plus fünf mal fünf!«, wiederholte Johann in erhöhter Lautstärke.

»Manno.«

»Schreib sauber!«

»Mach ich ja.«

»Machst du nicht!«

»Dooch!«

Fast zwei Stunden Lebenszeit gingen dahin. Till durchnässte mehrere Taschentücher mit Wutränen, während Johanns Blutdruck stieg und der Grauanteil seines Haupthaars vermutlich einen neuen Höchststand erreichte. Schließlich beschloss er, dass es nun genug sei.

Till verzog sich in sein Zimmer. Johann wandte sich wieder seinem Text zu. Doch es wollte ihm nicht gelingen, sich auf das Schreiben zu konzentrieren. Er fühlte sich schlecht. Warum gelang es ihm einfach nicht, die Geduld aufzubringen, die Till offensichtlich brauchte? Linda hatte das gekonnt. Bei ihr war Till nie mit Wutränen in den Augen aus dem Zimmer gestürmt. Sie hatte es immer hinbekommen, dass die Dinge nach einem Streit irgendwie wieder in Ordnung kamen, bevor man auseinanderging. Sie hatte die unglaubliche Gabe besessen, das Gute in den Menschen hervorzubringen, denen sie begegnete. Vielleicht lag es daran, dass sie auf das Hier und Jetzt fokussiert war. Sie schien, im Gegensatz zu ihm, nie mit den Gedanken ganz woanders zu sein, während sie mit einem Menschen sprach. Und sie behielt die Dinge, die andere bewegten, tatsächlich im Gedächtnis und verlor sie nie im kreativen Wust ihrer Gedanken aus den Augen. Sie war so ganz anders gewesen als er. Johann schluckte. Es war wieder einer dieser Momente, in dem ihm bewusst wurde, wie schmerzlich er sie vermisste. Nicht nur er selbst, auch diese Familie war unvollständig, seitdem sie fort war.

»Warum hast du sie mir weggenommen?«, flüsterte er. Sein Zorn auf Gott war leiser geworden. Nicht jede Berührung tat mehr im gleichen Maße weh, aber verschwunden war der Schmerz nicht, er saß bloß tiefer.

Sein Laptop kündigte das Eintreffen einer E-Mail an. Sie kam von Frau Schmidt, die nicht nur Tills Klassenlehrerin, sondern auch Rektorin der Schule war. In diesem Schreiben teilte sie Johann in knappen Worten mit, dass Carlotta für ihr aggressives Verhalten ihrem Mitschüler gegenüber einen Tadel erhalten würde. Für ein Gespräch stünde sie gerne zur Verfügung, und zwar am kommenden Montag vor dem Unterricht um 7.30 Uhr oder am darauffolgenden Freitag um 14.35 Uhr.

Johann seufzte. Gerade als er seine Zusage für Freitag formuliert hatte, klingelte es an der Tür. Carlotta und Jakob kamen nach Hause. Luisa folgte wenig später.

Zeit fürs Mittagessen. Während Johann Bratkartoffeln mit Rührei zubereitete, verschwanden die vier in Carlottas Zimmer, was etwas ungewöhnlich war.

Später beim Mittagessen warfen sich die Geschwister gegenseitig auffordernde Blicke zu.

Schließlich ergriff Carlotta das Wort: »Papa, wir haben uns was überlegt«, erklärte sie fröhlich kauend. »Wir haben Oma Sofa und Opa Holger eingeladen ...«

»... um unser Verbrechen zu bleichen ...«, warf Till ein.

»Beichten«, korrigierte Luisa.

»Genau«, nahm Carlotta den Faden wieder auf. »Aber Opa Holger kann nicht, wegen seinem Bein, deshalb kommt Oma alleine. Wir begrüßen sie voll nett und umarmen sie, damit sie schon weiß, dass wir eigentlich ganz lieb sind.«

»Und dann laden wir sie zu Keksen ein«, ergänzte Till.

»Dafür brauchen wir dann noch Kekse!«, ergänzte Jakob treuherzig.

»Genau, und dann beichten wir alles und überlegen uns, wie wir das wiedergutmachen wollen«, fuhr Carlotta fort.

»Ich verstehe. Ich freue mich, dass ihr euch Gedanken gemacht habt ...«

»Voll viele Gedanken!«, bestätigte Carlotta.

»Super, dass ihr das in Ordnung bringen wollt.«

Die vier Geschwister warfen sich zufriedene Blicke zu und zum ersten Mal an diesem Tag musste Johann lächeln.

7

EINER FÜR ALLE MIT OHNE SCHOKOLADE, ABER HEIMLICH

Es klingelte an der Tür. Johann öffnete die Tür. »Sofia, schön, dich zu sehen.«

»Hallo, mein Lieber.«

Seine Schwiegermutter umarmte ihn und gab ihm einen Kuss auf die Wange.

»Komm rein«, Johann trat zur Seite.

»Oma Sofa!« Carlotta stürmte herbei. Till folgte ihr. Beide warfen sich zeitgleich in die Arme ihrer Großmutter.

»Uppala, vorsichtig, Kinder.« Sofia war bei der stürmischen Begrüßung etwas ins Wanken geraten.

»Oma Sofa, es tut mir leid, dass ich den Kalender nicht geschätzt habe«, erklärte Till. »Ich mach's nie wieder. Weil … jetzt ist er ja sowieso weg.«

»Dein Kalender ist weg?«, fragte Sofia überrascht. Offenbar hatten die Kinder sie eingeladen, ohne zuvor den Schokoladenraub zu erwähnen.

»Nicht nur meiner ist weg, auch der von Carlotta, Luisa und Jakob«, berichtete Till.

»Ach du meine Güte.«

»Nicht richtig weg«, beschwichtigte Carlotta, »nur woanders.«

Sofia warf ihrer Enkelin einen fragenden Blick zu.

»Also es ist so«, erklärte Carlotta, »die Schoki ist jetzt in uns.«

»In euch?« Sofias Augen wurden groß. »Die ganze Schokolade?«

»Ja, aber das ist ja gar nicht sooo schlimm«, erklärte Carlotta rasch. »Da sollte sie ja sowieso landen, nur nicht ganz so schnell. Die roten Bänder kleben noch an der Tür und sehen fast schön aus und das Papier ist im Papierkorb. Das ist zum Beispiel gut für die Umwelt, weil es da recycelt wird.«

»Ach so.«

»Ja, hatten wir in der Schule.«

»Aha.«

»Hallo, Oma«, meldete sich nun auch Luisa, während sie rasch eine Schüssel mit Keksen auf den Tisch stellte.

Nun schlurfte auch Jakob aus seinem Zimmer. »Hi, Oma.«

Johann machte sich am Geschirrspüler zu schaffen, sodass er das Geschehen unauffällig im Blick hatte.

»Bitte Platz nehmen.« Till deutete mit großer Geste auf den Esstisch. »Wir haben extra eine lukulinarische Spezialität vorbereitet.«

Sofia setzte sich. »Oh, danke. Ich bin beeindruckt.«

»Na ja, es sind Butterkekse«, relativierte Jakob, was ihn

allerdings nicht daran hinderte, tief in die Schüssel zu greifen, bevor er sich auf seinen Stuhl fallen ließ.

Alle Geschwister nahmen Platz. Sofia ließ liebevoll ihren Blick über alle schweifen und schwieg.

Luisa räusperte sich. »Nun, äh ... die Kleinen haben es dir ja schon gebeichtet.«

»Ich bin nicht klein!«, unterbrach Carlotta.

»Ich erst recht nicht!«, beschwerte sich Till.

»Was Luisa sagen wollte, ist: Die 1,23 m und 1,37 m großen Verwandten zweiten Grades haben bereits gestanden, dass wir als Geschwister die absoluten Loser waren und eure liebevoll gebastelten Kalender schon am ersten Tag vernichtet haben«, korrigierte Jakob.

»Nicht vernichtet – aufgegessen!«, stelle Till richtig.

»Das tut uns voll leid«, sagte Carlotta. »Außerdem bin ich schon 1,24 m groß!«

»Wie können wir das wiedergutmachen?«, fragte Luisa.

»Wieder ausspucken geht nicht«, merkte Till an, »hab ich schon probiert.«

»Danke für diesen wertvollen Hinweis.« Jakob verzog das Gesicht.

»Was dann herauskommt, ist nämlich keine Schokolade, es ist mehr so wie Kakao mit Badeschaum«, konkretisierte Till. »Also so eine braune Soße mit kleinen weißen ...«

»Es reicht, Till!«, unterbrach Luisa.

»Bäh ... jetzt kann ich gar nicht mehr an Schokolade denken«, sagte Carlotta und legte einen angebissenen Keks wieder zurück in die Schale.

»Leute, ihr seid so eklig!«, entfuhr es Luisa.

»Musst du gerade sagen!«, fuhr Carlotta sie an. »Wenn du im Bad bist und denkst, es merkt keiner, dann ...«

»Ich glaube, wir kommen vom Thema ab!«, unterbrach Jakob. »Es tut uns echt leid, Oma, dass wir eure Kalender nicht wertgeschätzt haben.«

Erwartungsvoll sahen die vier ihre Großmutter an.

»Ich finde es richtig gut, dass ihr das ansprecht. Dazu zu stehen, wenn man einen Fehler gemacht hat, ist gar nicht so einfach.«

»Ach, dazu muss man stehen?«, fragte Till irritiert und erhob sich.

»Nein, das geht auch im Sitzen«, sagte Jakob.

»Ich meine damit, ehrlich zu sein und zuzugeben, dass man etwas falsch gemacht hat«, konkretisierte Sofia.

»Ach so«, sagte Till und schnappte sich einen Keks aus der Schüssel, bevor er sich wieder auf seinen Sitz plumpsen ließ.

»Wir würden das gerne wieder in Ordnung bringen«, sagte Jakob.

Sofia nickte. »Ich bin euch nicht böse, und Opa ganz sicher auch nicht, das weiß ich.«

Die Kinder warfen sich erleichterte Blicke zu.

»Was denkt ihr, warum haben wir euch diese Kalender geschenkt?«, fragte Sofia.

»Äh, weil bald Weihnachten ist?«, mutmaßte Till.

»Damit das Warten auf Heiligabend nicht so schlimm ist?«, fragte Carlotta.

»Weil Papa vergessen hat, welche zu kaufen?«, schlug Jakob vor.

»Um uns etwas Gutes zu tun«, stellte Luisa fest.

Sofia lächelte. »Mit alldem, was ihr gesagt habt, habt ihr ein bisschen recht. Aber eines habt ihr vergessen.«

»Was denn?«, fragte Till.

»Es macht uns Freude. Opa und ich haben das supergerne gemacht. Denn Schenken ist genauso cool wie Geschenke zu bekommen.«

»Echt?« Till verzog skeptisch das Gesicht.

»Na ja ... für Erwachsene vielleicht«, merkte Carlotta an.

Sofia lachte. Dann schaute sie ihre Enkel der Reihe nach an. »Kinder, wir haben ein Problem. Opa und ich und auch euer Papa wollten euch bis zu Heiligabend jeden Tag eine kleine Freude machen. Nun habt ihr diese Freude aber bereits an einem Tag ... nun ja, inhaliert ...«

»Die schöne Schoki«, seufzte Till.

»Und bis Weihnachten dauert es noch«, fuhr Sofia fort. »Heute ist ja erst der 1. Dezember. Was haltet ihr davon, wenn ihr euch in den kommenden Tagen die gleiche Freude gönnt wie Opa und ich?«

Till starrte sie verdutzt an. Carlotta kratzte sich am Kopf.

»Wir sollen euch einen Kalender basteln?«, fragte Jakob.

Sofia schüttelte den Kopf. »Nein, es geht nicht um Opa und mich. Es geht um euch. Schenken macht Freude, vor allem dann, wenn die Person gar nicht damit gerechnet hat. Ihr könntet zum Beispiel eure Schulkameraden beschenken.«

»Okaay«, sagte Jakob gedehnt. Offenbar hatte er an dieser Logik noch ein wenig zu knabbern.

Carlotta hingegen machte sich bereits Gedanken zur

Umsetzung. »Wir könnten neue Süßigkeiten kaufen und einpacken und dann in die Schule mitnehmen?«

»Vielleicht sollten wir uns lieber eine schokoladenfreie Variante überlegen«, schlug Luisa vor. »Man kann anderen auch ohne Kalorien etwas Gutes tun.«

»Eine hervorragende Idee«, warf Sofia ein.

»Echt?«, fragte Carlotta zweifelnd. »Ein Adventskalender ohne Schokolade?«

»Das wäre mal was Neues«, bemerkte Jakob. »Gutes tun ohne Schokolade.« Er grinste.

»Ich weiß nicht ...«, brummte Carlotta.

»Aber ich«, rief Till und hob den Zeigefinger. »Zum Beispiel kann man für einen anderen ... mutig sein.«

»Häh?«, fragte Carlotta.

»Na ja ... als der Jerome mich in der Schule geärgert hat, hat sich Marie vor mich gestellt und mich verteidigt!«

»Respekt.« Jakob nickte.

»Jerome hat dich geärgert?«, hakte Carlotta nach. »Ist das der große Junge, der auf beiden Seiten so kahl rasiert ist?«

»Ja.«

Carlotta ballte ihre kleinen Fäuste. »Wenn der das noch mal macht, kriegt der Ärger!«

»Leute«, unterbrach Luisa. »Wir kommen vom Thema ab.«

»Eure Schwester hat recht«, sagte Sofia. »Für jemanden mutig sein ist eine Möglichkeit. Was fällt euch noch ein?«

Die Kinder warfen sich ratlose Blicke zu. Schließlich sagte Jakob: »Na ja, ich finde es ziemlich cool, wenn Leute das nicht so raushängen lassen, was sie machen. Ich meine, heute wird ja jeder Furz auf Insta gepostet, um Likes zu kriegen. Wenn man jemandem wirklich etwas Gutes tut, sollte man das nicht überall herumerzählen.«

»Genau. Das kann ja voll das Geheimnis sein«, merkte Carlotta an. »So geheim, dass nicht mal derjenige, der das Geschenk kriegt, weiß, von wem das ist.«

»Finde ich gut!« Luisa nickte. »Und statt Schoki kann man auch seine Zeit schenken. Das ist etwas wirklich Wertvolles.«

Till war verwirrt. »Also, ich muss heimlich was Gutes verschenken, aber mit ohne Schoki?«

»Genau«, sagte Jakob. »Man kann sich zum Beispiel für andere einsetzen.«

»Unser Trainer hat gesagt, am coolsten ist, wenn wir das machen wie bei den Muskeltieren. Einer setzt sich für alle ein – und alle für einen«, sagte Carlotta begeistert.

»Sehr gut!«, Sofia lächelte. »Das wär doch toll, wenn ihr euch vornehmt, einfach mal dem Ersten zu helfen, der eure Hilfe braucht.«

»Dem Ersten?« Carlottas Gesicht wurde plötzlich ernst. »Aber was ist, wenn der Typ voll doof ist und ich den nicht ausstehen kann?«

»Dann musst du das trotzdem machen, weil das die Strafe dafür ist, dass wir den Kalender aufgegessen haben«, befand Till.

»Nein, das ist keine Strafe. Ganz im Gegenteil. Das ist richtig cool!«, widersprach Sofia. »Jesus hat das mal ganz vielen Leuten erklärt. Wer Menschen Gutes tun kann, die überhaupt nicht nett zu einem sind, der ist wirklich zu beneiden.«

»Wieso zu beneiden?«, fragte Luisa. »Das kapier ich nicht.«

»Weil ein Mensch, der so lebt, seinem Vater im Himmel immer ähnlicher wird.«

»Hä? Aber wie soll das funktionieren?«, warf Carlotta ein. »Angenommen, da ist so ein fieser Vollpfosten, den ich am liebsten mit voller Wucht in die ... äh, in den Po treten würde. Wie soll ich dem denn was Gutes tun?«

»Jesus hat gesagt, es gibt eine ganz einfache Formel: Liebe deine Mitmenschen, so, wie dich selbst.«

»Was? Lieben?«, rief Carlotta entsetzt. »Heißt das, ich soll den abknutschen?«

»Quatsch«, meinte Luisa. »Du knutschst dich doch selbst auch nicht ab.«

»Stimmt«, stieß Carlotta erleichtert hervor.

»Aber ich versteh auch nicht, wie das funktionieren soll«, wandte sich Luisa an Sofia. »Wenn ich jemanden doof finde, finde ich den doof. Ich kann mir doch nicht selbst einreden, dass der nett ist.«

»Absolut«, bestätigte Oma. »Es geht gar nicht darum, bestimmte Gefühle in uns zu produzieren. Der Trick ist, so zu handeln, als hätten wir sie bereits. Wenn wir das tun, werden sich vielleicht auch unsere Gefühle verändern.«

»Ich weiß nicht, klingt irgendwie schräg, finde ich«, warf Jakob ein.

Sofia nickte nachdenklich. Dann sah sie zu Till. »Du hast mir neulich erzählt, dass du Sport nicht ausstehen kannst.«

Till nickte. »Sport ist Mist!«

»Viele Leute sagen von sich selbst, dass sie einfach nicht

sportlich sind. Aber was wäre, wenn sie so tun würden, als wären sie es? Sie würden anfangen, jeden Morgen eine Runde zu laufen. Und sie würden die Strecke nach und nach verlängern. Und wenn sie das eine ganze Weile machen, würden sie auf einmal merken, dass sie gar nicht mehr so tun, als wären sie sportlich, sondern dass sie es tatsächlich sind – weil ihre Muskeln wachsen, und das, was ihnen am Anfang unmöglich erschien, mit einem Mal gar nicht mehr so schwer ist.«

»Hm ... da ist was dran«, bemerkte Jakob.

»Wir sollten deshalb nicht versuchen, jemanden, den wir nicht ausstehen können, nett zu finden«, fuhr Sofia fort. Das wird nicht funktionieren. Gefühle mit Gewalt ändern zu wollen, ist Quark. Was wir ändern können, ist das, was wir *tun*. Wir können diesem Menschen helfen, wenn er Hilfe braucht. Wenn er Blödsinn erzählt, müssen wir nicht so tun, als wären wir seiner Meinung. Aber wir können genau zuhören und anerkennen, wenn er etwas Richtiges sagt. Nur weil ich jemanden nicht leiden kann, heißt das nämlich nicht, dass er immer im Unrecht ist. Ich kann aufhören, über ihn herzuziehen, und freundlich mit ihm reden. Das tue ich nicht, weil ich besonders tolle Gefühle ihm gegenüber habe oder weil er ein besonders guter Mensch wäre. Ich tue das, weil ich Jesus vertraue. Weil ich ihm vertraue, dass dies der beste Weg für die Menschen ist, mit denen ich zu tun habe, und auch für mich selbst.«

Fasziniert beobachtete Johann die Entwicklung des Gesprächs.

»Okay«, resümierte Jakob. »Wir brauchen also in unserem Kalender: Tu-anderen-Gutes-selbst-wenn-sie-Vollpfosten-sein-sollten-Tage.«

»Exakt.« Sofia lächelte.

»Und dann brauchen wir noch Verschenk-heimlich-was-Tage«, ergänzte Till.

»Aber auch: Sei-voll-ehrlich-Tage«, fügte Luisa hinzu.

»Und Einer-für-alle-und-alle-für-einen-Tage«, erklärte Carlotta.

»Okay«, Luisa nickte. »Dann machen wir nachher 24 Zettel mit verschiedenen Aufgaben. An jedem Tag muss jemand von uns einen Zettel ziehen, und das dann so gut umsetzen, wie es geht.«

Jakob stand auf. »Ich fang an. Möchte noch jemand Rührei zum Abendbrot?«

Mehrere Hände schossen in die Höhe.

»Und zack – der erste Job ist erledigt!«, freute sich Jakob. »Eine Pfanne für alle.«

8

WEIßBORN STATT WEISENBORN

Libes Tagebuch,
ich hab dir ja schon geschribn, das wir ein Eksperiment
machen mit unserem Adwentskalender mit Beeintrechtigung.
Ich würd mal sagen: es klappt so mittel. Gestern war ich dran.
Ich musste nämlich jemandem heimlisch was gutes tun. Ich
hab mir überlegt, ich mach was echt krasses und schenk dem
Rudolf heimlisch was, obwol ich den nicht leiden kann und er
mich hasst. Also hab ich von zu Hause einen Weinachtsmann
mitgenommen, also aus Schoki natürlich. Und dann hab ich
mich in der kleinen Pause an seine Tasche rangepürscht und
ihm den Weinachtsmann reingemacht. Dummerweise hat das
die Nele gesehn und sie hat ganz laut gerufn: »Die Carlotta
klaut!«

»Kwatsch!«, hab ich gesagt, aber dann war schon Rudolf da
und hat rumgejault das ich ne Diebin wär und so.

»Stümmt nich, du Vollfosten!«, hab ich gesagt, »ich hab was
reingemacht!«

»Iiih«, hat er dann gekreischt, »'ne Stinkbombe oder was?«
Da hab ich schon ein bischn bereut, das ich nett sein wollte.

Dann kam er angestürmt und hat nachgekuckt. »Hä, ein
Weinachtsmann?«

»Siehste«, *hab ich gesagt,* »erst kucken dann kreischn.«

»Wiso schenkstn mir n Weinachtsmann?«

Ich hab's im erklärt: »Ich wollt dir heimlich was gutes tun.«

*Da hat er geglubscht wien Auto. Aber die Nele die dumme
Kuh hat gerufn:* »Carlotta is verliebt! Carlotta is verlieiebt!«

Und da bin ich dann ein bischn ausgerastet und hab gesagt:
»Halt die Fresse du blöde Kuh.«

*Ich weis das war nich so gut, aber es war Notwer! Leider
siht Frau Wegner das anders als wie ich und hat nen Eintrag
ins Klassenbuch gemacht. Mist. Beim nächsten mal bin ich
vorsichtiger.*

Aber bei den anderen lif es auch nicht so optimal.

*Luisa wollte nen Bettler zum Döner einladen. Das problem
war aber, das war gar kein Bettler und außerdem war der
Vegana.*

*Und Till hat heimlisch was gemacht, das war so heimlisch,
das es niemand bemerkt hat. Er hat nich varraten was es war,
weils ja heimlisch war.*

Ich glaub das müssen wa noch üben.

*Papa wollte uns trösten und hat erzält, dass er jetzt auch
mitmacht. Aber ich glaub, der ist vil zu schusslig und vergist
das wieder.*

*Er häte beina auch unser spiel in Rudo vergessn. Zum Glück
hab ich ihn erinnert. Jetzt kann ich mit dem Treiner mitfahrn,
weil unser Bus kaputt is. Aber beim nächstn Heimspil is Papa
dabei. Das hat er versprochn ...*

Lotta

Johann verließ die U-Bahn, suchte den richtigen Ausgang und stieg die Treppen nach oben. Gestern hatte er den VW-Bus in die Werkstatt bringen müssen. Der Motor sprang nur noch mit sehr viel Glück an, und wenn das Gefährt fuhr, gab es sehr beunruhigende Geräusche von sich.

Draußen erwarteten ihn Großstadtlärm, blinkende Weihnachtsdeko und Werbung, bei der auf jedem zweiten Plakat irgendwo ein Weihnachtsmann untergebracht war. Die Menschen um ihn herum schienen es entweder eilig zu haben oder sie waren voll und ganz auf ihr Smartphone konzentriert. Johann musste beinahe Slalom laufen, um nicht mit irgendjemandem zusammenzustoßen. Er bog in eine Seitenstraße ein. Zwei Tauben, die sich offensichtlich um am Straßenrand entsorgte Currywurstreste gestritten hatten, flatterten davon.

Die Buchhandlung lag etwas abseits der großen Einkaufsstraßen. Johann spürte einen Anflug von Nervosität.

Während der Coronapandemie hatte es einen Veranstaltungsstopp gegeben und seitdem hatte er kaum Lesungen durchgeführt. Er war ein wenig aus der Übung.

Eilig bog er in die nächste Gasse ab, als sich sein Handy meldete. Er nahm es aus der Tasche und stellte fest, dass er zwei Nachrichten erhalten hatte. Eine war von Juliane, die ihn daran erinnerte, seine E-Mails zu checken. Die zweite Nachricht kam von Carlotta:

Hallo Papa, vergis nicht, dass du versprochn hast beim kalender mit beeintrechtigung mitzumachen. Heute musst du zu jemand nett sein, zudem du sons nich nett werst, zum

beispil könntest du mir ein Trikot von Toni Kroos schenken ...
Spaas ☺
Carlotta

Johann schmunzelte und schob das Handy zurück in die Hosentasche. Das war typisch Lotta. Er liebte ihren Humor. Allerdings machte ihm ihre Rechtschreibung ernsthaft Sorgen. Vielleicht sollte er sie doch auf Legasthenie testen lassen, auch wenn die Lehrerin meinte, das sei zu früh.

Er erkannte den Buchladen schon von Weitem – anhand eines Fotos von ihm. Offenbar hatte die Buchhändlerin extra großformatige Plakate drucken lassen und damit einen Aufsteller bestückt. Das hatte bestimmt eine Stange Geld gekostet. *Schade, dass sie bei den Honoraren so knauserig war,* dachte Johann, während er seinem breit lächelnden Konterfei entgegenlief. Auf dem Foto hatte er erkennbar volleres Haar. Und auch seine grauen Schläfen waren erst nach Lindas Tod gekommen. Das Bild stammte noch aus der Zeit seines größten Erfolgs. Lesung mit Johann Weißborn, Donnerstag ... er stutzte. Da stand 19 Uhr. Er blickte auf die Uhr. Es war sieben Minuten nach 19 Uhr. *Mist!*

Wieso fand das schon um 19 Uhr statt? Er hatte sich 19.30 Uhr notiert.

Die letzten Meter legte er im Laufschritt zurück. Schnaufend stieß er die Tür zur Buchhandlung auf.

Der Laden war klein. Dennoch war es der Buchhändlerin gelungen, ungefähr zwanzig Stühle auf der verwinkelten Freifläche unterzubringen. Davon waren sieben Stühle besetzt. Eine grauhaarige Frau hatte offenbar gerade zu der übersichtlichen Schar der Zuhörer gesprochen und drehte sich nun zu ihm um. »Ah, Herr Weißborn. Schön, dass Sie da sind. Wir haben uns schon Sorgen gemacht.« Ihr Tonfall erinnerte ihn unangenehm an Frau Schröder, seine Klassenlehrerin aus der Grundschule. Sie hatte jeden Zuspätkommer mit falscher Fürsorge begrüßt, nur um ihm dann in der Unterrichtsstunde das Leben schwerzumachen.

»Tut mir leid, dass Sie warten mussten«, sagte Johann hastig. »Offenbar hat sich bei der Terminvermittlung ein Fehler eingeschlichen.«

»Das ist bedauerlich«, konstatierte die Grauhaarige in einem Tonfall, der besagte: *Eine bessere Ausrede fällt Ihnen nicht ein?*

»Sie sind Frau Engelmann, nehme ich an?«

»Nein«, erklang eine nasale Stimme von hinten. »Das bin ich.«

Johann wandte sich um. Ein lautes Niesen ließ ihn zusammenzucken und ein rotnasiges Gesicht schaute zu ihm auf. Frau Engelmann war gerade aus einem Nebenraum gekommen. Sie war schätzungsweise 1,60 Meter groß, hatte ihre langen dunklen Haare zu einem strengen Dutt zurückgebunden und schnäuzte sich die Nase, in einer Lautstärke, die einem Zwei-Meter-Hünen entsprochen hätte. »Tut mir leid.« Hinter riesigen Brillengläsern schauten ihn verquollene Augen entschuldigend an.

»Sie hat es aber schlimm erwischt«, sagte Johann mitfühlend und reichte ihr nach kurzem Zögern die Hand.

Frau Engelmann ergriff sie. »Keine Sorge, ich bin nicht ansteckend. Es ist nur eine Allergie.«

»Um diese Jahreszeit?«

»Frettchenhaarallergie – ist eine längere Geschichte.« Sie deutete auf die Grauhaarige. »Frau Sobanski hilft mir immer wieder im Laden aus.«

Die Grauhaarige schüttelte ihm die Hand.

»Wollen wir?«, sie deutete zum Publikum.

»Natürlich.«

Frau Sobanski setzte sich in die erste Reihe und die zierliche Frau Engelmann trat vor das Publikum. »Ich freue mich, dass Sie so … äh, dass Sie heute den Weg in unsere Buchhandlung gefunden haben.« Sie ließ den Blick wieder über die halb leeren Stuhlreihen schweifen und blieb schließlich an einem Verkaufstisch hängen, auf dem sich mindestens fünfzig von Johanns Werken stapelten. Johann konnte ihre Enttäuschung spüren. Sie zwang sich zu einem Lächeln. »Das ist unsere erste Veranstaltung nach der Eröffnung und …« Sie nieste. »Und ich bin sehr dankbar, dass wir den Bestsellerautor Johann Weißborn für eine Lesung gewinnen konnten.«

Sie wandte sich Johann zu und klatschte. Einige der Gäste fielen nach kurzem Zögern mit ein. Eine ältere Dame raunte ihrer Nachbarin gut hörbar zu: »Hä? Was will der Jungspund hier? Ich denke, heute liest der Weisenborn?«

»Quatsch«, zischte ihr die andere der alten Dame lautstark ins Ohr. »Der ist doch schon tot!«

»Ach so. Ist das sein Sohn?«

»Nein, der hier heißt Weißborn, nicht Weisenborn.«

»Wie schade, ich hatte mich schon gefreut.«

Johann versuchte, über die für alle gut hörbaren Kommentare der beiden Damen hinwegzulächeln, und nahm auf dem bereitgestellten Lesesessel Platz.

Anna Engelmann schlängelte sich mit feuerrotem Gesicht durch den engen Raum und verschwand wieder im Nebenzimmer. Kaum hatte sie die Tür geschlossen, hörte man es lautstark niesen.

Johann stellte sich vor, plauderte ein bisschen über die Hintergründe des Romans und begann dann zu lesen. Zuerst fühlte es sich seltsam an, doch dann tauchte er einfach in die Geschichte ein und versuchte, die Figuren mit seiner Stimme zum Leben zu erwecken.

Als er kurz aufblickte, sah er, dass die meisten ihm gebannt zuhörten, unter anderem auch Anna Engelmann, die sich während der Lesung wieder hereingeschlichen und in der letzten Reihe Platz genommen hatte. Die Dame, die den verstorbenen Autor Weisenborn erwartet hatte, hielt die Augen geschlossen und wirkte konzentriert. Allerdings ging diese Konzentration einige Minuten später in eine Phase der Entspannung über, wie er ihren tiefen und geräuschvollen Atemzügen entnehmen konnte.

Nach etwa eineinhalb Stunden beendete Johann die Lesung. Das Publikum applaudierte und die alte Dame schreckte aus ihrem Dämmerschlaf auf.

»Wenn Sie noch Fragen haben, stehe ich gerne zur Verfügung.« Johann blickte in die Runde, doch niemand meldete sich.

Anna Engelmann sprang auf. »Vielen Dank für diese wundervolle Lesung!«, näselte sie. »Wer von Ihnen inspiriert ist, kann gerne ein Buch des Autors erwerben.« Sie blickte zu ihm hinüber. »Ich hoffe, er hat noch ein wenig Zeit, um seine Werke zu signieren?«

»Natürlich!«

Er stellte sich neben die Buchhändlerin an den überdimensionierten Büchertisch. Ein älteres Pärchen ließ sich ihre mitgebrachten Bücher signieren. Eine beleibte junge Frau kaufte sein aktuelles Werk. »Ich kenne es zwar schon, aber wann bekommt man schon die Gelegenheit, eine Widmung von einem echten Bestsellerautor zu bekommen!« Sie hielt ihm das Buch verlegen lächelnd entgegen. »Für Rosemarie, bitte.«

»Gerne.« Johann schrieb eine Widmung und signierte das Buch.

Sie nahm es vorsichtig entgegen. »Darf ich Sie noch etwas fragen?«

»Natürlich.«

»Wie haben Sie es geschafft, einen Verlagsvertrag zu bekommen?«

Johann ahnte, was nun kommen würde. Diese Frau würde ihm gleich offenbaren, dass sie selber schon seit Jahren an einem Buch schrieb, und dann erhoffte sie sich den entscheidenden Tipp, der ihr helfen würde, ihr Werk zu veröffentlichen. Er zog in Erwägung, sie kurz abzubügeln und darauf hinzuweisen, dass sich um solche Dinge seine Agentur kümmerte. Doch dann, er wusste gar nicht, wieso er auf einmal darauf kam, erinnerte er sich an die Nachricht seiner jüngsten Tochter: *Heute musst du zu jemand nett sein, zudem du sons nich nett werst.*

Fast im gleichen Moment erinnerte er sich daran, wie

es ihm selber ergangen war, als er sein allererstes Werk geschrieben hatte. Die Geschichte zu Papier zu bringen, war ein wildes Abenteuer gewesen. Damals hatte er in Vollzeit gearbeitet; die Zwillinge waren noch Säuglinge gewesen. Die Geschichte, die sich in seiner Fantasie entspann, packte ihn. Halbe Nächte hatte er durchgeschrieben, weil er unbedingt selbst erfahren wollte, wie es weiterging. Zwei Jahre lang war er mit sehr wenig Schlaf ausgekommen. Und dann, als er endlich fertig war, hatte Linda ihn ermutigt, sein Werk an verschiedene Literaturagenturen zu schicken. »Das ist richtig gut, vertrau mir!«, hatte sie gesagt. »Die Leute werden die Geschichte lieben!« Johann hatte ihr vertraut und die Anfragen rausgeschickt. Jedes Mal, wenn eine Antwort in seiner Mailbox landete, hatte sein Herz höhergeschlagen, selbst wenn ihm klar war, dass es sich nur um eine automatische Empfangsbestätigung handeln konnte, weil die Antwort nur Minuten nach dem Absenden bei ihm landete. Und dann hatte eine Agentur tatsächlich Interesse angemeldet. Es kam zum Vertrag und schließlich hatten sie einen großen Publikumsverlag an der Angel. Er hatte sich wie ein Pilot gefühlt, der bei seinem ersten Flug einmal um die ganze Welt reist. Johann lächelte versonnen, und statt die Frau mit einer knappen Antwort nach Hause zu schicken, fragte er: »Sie schreiben wohl selbst, habe ich recht?«

Ein strahlendes Lächeln war die Antwort.

9

ES GEHT NICHT UM MICH

Rosemarie war Mitte zwanzig. Ihre Kleidung war von guter Qualität, aber schlicht. Sie wirkte unsicher, aber ihre Augen leuchteten, als sie von ihrem Romanprojekt erzählte.

Nach und nach verließ das Publikum den Buchladen. Nur Rosemarie blieb. Johann berichtete von seinem ersten Verlagsvertrag und sie beschrieb ihr Romanprojekt.

»Sie sind der Erste, dem ich von meinem Buch erzähle«, sagte sie. »Bislang habe ich mich einfach nicht getraut. Wissen Sie, ich bin nicht unbedingt der Typ ‚Erfolgreicher Überflieger'. Ich bin alleinerziehende Mutter und musste mein Germanistikstudium abbrechen, um für meine Tochter da zu sein. Deshalb bin auf die finanzielle Unterstützung meiner Eltern angewiesen. Das trägt nicht unbedingt dazu bei, ein überbordendes Selbstbewusstsein zu entwickeln.«

Johann lächelte. »Ich glaube, ich verstehe, was du meinst – ich hoffe, es ist okay, wenn ich zum kollegialen Du übergehe?«

»Natürlich!« Rosemaries Wangen röteten sich.

»Ich bin kein Psychologe oder Berater, der wüsste, auf

welchem Wege man mehr Selbstbewusstsein entwickelt oder sich am besten selbst verwirklicht. Aber ich kann dir gerne sagen, was ich beim Romanschreiben als sehr befreiend erlebt habe.«

»Nämlich?«

»Es geht nicht um mich!«

»Wie meinen Sie ... wie meinst du das?«

»Ich als Autor bin beim Schreiben eines Romans komplett unwichtig. Das Einzige, was zählt, ist die Geschichte! Es kommt nicht darauf an, wie erfolgreich, selbstbewusst und attraktiv ich bin. Es ist egal, ob ich einen akademischen Titel habe oder nicht, und es spielt auch keine Rolle, wie viele kreative Schreibkurse ich besucht habe. Nicht mal auf den bisherigen Erfolg kommt es an. Ich schreibe nicht mit meiner Bekanntheit, nicht mit meinem Gesicht, nicht mit meinem Bankkonto, nicht mit meinem akademischen Abschluss oder meinem Selbstbewusstsein. Es ist die Fantasie, aus der eine Geschichte geboren wird. Das ist die Grundlage von allem. Natürlich gibt es noch Handwerkszeug, das ich erlernen kann, aber dafür gibt es verschiedene Methoden. Also, wenn ich dir etwas mit auf den Weg geben darf, dann das: Verschwende keinen Gedanken daran, was andere dir zutrauen oder nicht. Mach dir nicht mal Gedanken darum, was du dir selbst zutraust. Konzentriere dich voll und ganz auf deine Geschichte. Erzähle sie mit aller Fantasie, Leidenschaft, Disziplin und Klugheit, die in dir steckt. Erschaffe einen Traum, der so lebendig ist, dass es kaum noch möglich ist, ihn von der Wirklichkeit zu unterscheiden. Nur so wird etwas entstehen, das es auch wert ist, gelesen zu werden.«

Rosemaries glänzende Augen schienen durch Johann hindurchzublicken. Dann nickte sie. »Ich ... ich denke, ich muss jetzt los. Vielen Dank, dass Sie ... dass du dir die Zeit genommen hast.« Sie drückte ihm die Hand und ging langsam zum Ausgang. Johann konnte förmlich sehen, wie es in ihrer Fantasie arbeitete. Es brauchte zwei vergebliche Versuche, ehe ihr auffiel, dass sich die Tür nach innen öffnete. Gedankenversunken verließ sie den Laden.

»Danke«, vernahm Johann eine verschnupfte Stimme hinter sich.

Er wandte sich um. Anna Engelmann blickte zu ihm auf. »Danke, dass Sie sich Zeit genommen haben. Ich glaube, das waren genau die Worte, die sie gebraucht hat.«

»Wenn ich ehrlich bin, waren es auch genau die Worte, die ich selbst im Moment gut gebrauchen kann.«

Die junge Ladenbesitzerin nickte verstehend. »Schreibkrise?«

Johann seufzte. »Erzählen Sie es niemandem weiter.«

Sie schmunzelte. »Meine Lippen sind versiegelt.«

Unwillkürlich wurde Johanns Blick von ihren lächelnden Lippen angezogen. Einige Sekunden später fiel ihm auf, dass er sie anstarrte, und er wandte hastig den Blick ab.

»Wissen Sie«, durchbrach Anna Engelmann die peinliche Stille. »Uns Hobbyautoren tut es eigentlich ganz gut zu erfahren, dass auch Profis ihre Krisen haben.«

»Uns Hobbyautoren? Dann war ich heute ja von Kolleginnen umgeben.« Er reichte ihr die Hand. »Ich bin Johann und versuche gerade, einen sehr störrischen und papierscheuen Thriller zu schreiben.«

Ihre Wangen röteten sich ein wenig, als sie seine Hand ergriff. »Anna.«

Ihre zartgliedrigen Finger wirkten winzig in seiner Hand. »Und woran arbeitest du?«, fragte er.

»An einem Fantasy-Roman. Seit ungefähr sechs Jahren.« Sie lächelte entschuldigend. »Ich weiß, das Genre ist etwas verpönt, aber ich liebe es.«

»Ich habe absolut nichts gegen Fantasy. Ganz im Gegenteil ...«

»Was machen wir mit den ganzen überflüssigen Exemplaren?«, meldete sich die spröde Stimme von Frau Sobanski.

Anna zuckte zusammen. »Huch!« Sie wandte sich um. »Du bist noch da?«

»Irgendjemand muss ja hier arbeiten«, erwiderte sie.

Anna runzelte die Stirn. »Ja, aber du nicht. Mach bitte Feierabend.«

»Und das da?« Frau Sobanski deutete mit dem Daumen auf den riesigen Stapel von Johanns unverkauften Romanen.

»Darum kümmere ich mich«, erwiderte Anna. »Es sei denn natürlich, du möchtest dich gerne ehrenamtlich engagieren ...«

»Nee, so weit geht die Liebe dann doch nicht«, erwiderte die ältere Frau. »Schönen Abend noch.« Sie packte ihre Sachen zusammen und verließ die Buchhandlung.

»Charmant«, kommentierte Johann.

»Nun ja«, Anna strich sich eine verirrte Haarsträhne aus der Stirn. »Ich bin froh, dass ich sie habe. Aber ich formuliere es mal so: Übertriebene Höflichkeit gehört nicht zu ihren Fehlern.«

Johann ließ seinen Blick über den riesigen Stapel seiner Werke schweifen. »Tut mir leid, dass kaum etwas über den Ladentisch gegangen ist«, sagte er.

»Ich habe mich wohl etwas verschätzt.« Sie sah zu ihm auf. »Mir tut es leid, dass so wenige da waren. Ich nehme an, du bist ganz andere Publikumszahlen gewohnt.«

»Ich hatte mal eine Lesung mit einer einzigen Zuhörerin, und das war eine Schülerin, die gerade ihr Praktikum in der Buchhandlung machte«, erwiderte Johann.

Anna kicherte. »Also hattest du heute nur *fast* die katastrophalste Lesung deiner Karriere – das baut mich wieder auf.«

Johann lächelte. »Mir hat es Spaß gemacht.«

Auch Anna lächelte.

Einen Moment lang sagte keiner der beiden etwas. Dann sprachen beide gleichzeitig:

»Tja, also ...«, begann Johann.

»Ich muss dich ...«, sagte Anna.

Beide stockten und Anna fuhr fort: »... ja noch bezahlen. Wie willst du dein Geld, per Überweisung oder ...?«

»Bar wäre super«, erwiderte Johann.

»Na klar, kein Problem«, sagte Anna nach kurzem Zögern. Dann ging sie zur Kasse. »Das waren ... äh Moment ...« Sie kramte in der Kasse. Als sie sich ihm wieder zuwandte, hatte sie einige Scheine in der Hand. »Moment!« Sie bückte sich und wühlte unter dem Ladentisch. »Hier muss doch meine Handtasche ...«

Schließlich tauchte sie wieder auf, mit einer Handvoll kleiner Geldscheine in der Hand. Ihr Gesicht war feuerrot.

»Es ist mir unsagbar peinlich, aber ich kann dir heute nur eine Anzahlung geben. Ich hatte gedacht ...« Sie linste hinüber zu dem Stapel unverkaufter Bücher. »Tut mir leid, ich bin noch etwas unorganisiert ... Ist es in Ordnung, wenn ich dir den Rest des Honorars nächste Woche zahle?«

Johann hatte noch nie einen Menschen derart intensiv erröten sehen. Beim Betreten der Buchhandlung hatte er noch gedacht, sie wäre knauserig gewesen ... In diesem Augenblick kam ihm diese Einschätzung unsagbar schäbig vor. Der kleine Laden warf garantiert nicht viel ab, und Johann ahnte, dass das übliche Honorar eine erhebliche Belastung für Anna war. »Mir tut es leid«, sagte er. »Du hast dir sicherlich mehr erhofft. ... Wir können gerne noch mal über den Preis reden ...«

»Auf keinen Fall!«, widersprach Anna. »Was ich versprochen habe, halte ich auch. Das ist Ehrensache. Bitte nimm die Anzahlung!« Sie drückte ihm die Scheine in die Hand.

»Okay. Danke.«

»Außerdem hat das den nicht zu unterschätzenden Publicity-Effekt, dass ein berühmter Autor zweimal hintereinander meinen kleinen Buchladen besucht.« Ein Grinsen huschte über ihre Lippen. »Es sei denn natürlich, du willst das Geld lieber überwiesen haben?«, fügte sie rasch hinzu.

Johanns Handy vibrierte. Luisa schickte ihm eine Nachricht. Das war ungewöhnlich. *Bist du bald zu Hause? Es gibt hier ein kleines Problem.* »Äh ...« Er blickte auf. »Nein, ich komme gerne vorbei.«

»Toll!« Anna strahlte.

Sie schüttelten einander die Hände.

»Bis dann!«

Als Johann hinaus auf die Straße trat, kam eine zweite Nachricht herein, diesmal von Carlotta. *Hallo Papa, is unser Keler eigentlich wassadicht?*

Johann spürte, wie sein Puls sich beschleunigte. Er begann zu laufen.

10

SCHWING SANFT, LIEBER SÜßIGKEITENWAGEN

Als Johann die Haustür öffnete, schallten ihm bereits die Stimmen seiner Kinder durch die halb offene Kellertür entgegen:

»Da kommt ja immer mehr raus!«, vernahm er Carlottas Stimme.

»Quatsch«, widersprach Jakob. »Ich hab die doch ausgeschaltet!«

»Vielleicht nicht richtig?«

»Hä? Wie soll man etwas nicht richtig ausschalten können? Aus ist aus!«

»Vielleicht weiß die Waschmaschine noch gar nicht, dass sie aus ist?«, fragte Till.

»Hört auf zu quatschen und helft lieber beim Schöpfen!«, rief Lisa.

Das hörte sich nicht gut an. Johann hastete die Treppe hinunter.

Ihm bot sich ein beunruhigendes Bild: Der ganze Keller

war geflutet und die Kinder standen bis über die Knöchel im Wasser. Tills Hose hatte sich bis zu den Knien vollgesogen, die anderen hatten ihre Hosenbeine hochgekrempelt.

»Papa!« Till strahlte ihn an. Er hielt seinen kleinen Zahnputzbecher mit dem Brachiosaurus-Bild darauf in der Hand und goss in aller Seelenruhe Wasser in einen Eimer. Luisa arbeitete hektisch mit einem Scheuerlappen. Jakob hockte neben der Waschmaschine. Ein Schmutzfleck prangte auf seiner Stirn, rote Flecken zierten seine Wangen. Carlotta stand neben ihm und zeigte auf irgendetwas. »Ich glaub, das kommt da raus!«

»Oh nein!« Johann zog die Schuhe aus und watete durch das Wasser. »Leute, keine Waschmaschine der Welt kann so viel Wasser fassen. Das muss vom Zulauf kommen!«

»Siehste!«, wandte sich Carlotta an ihren älteren Bruder.

»Jetzt tu nicht so, als hättest du das gewusst!«, fauchte Jakob. »Immerhin war ich derjenige, der gesagt hat, dass wir das erst abstellen müssen, bevor wir mit schöpfen anfangen.«

»Klugscheißen hilft jetzt auch nicht weiter!«, schimpfte Luisa.

»Jetzt lasst mich mal durch, Kinder!« Johann schob Carlotta beiseite und drängte sich an Jakob vorbei. Eingekeilt zwischen Wand und Waschmaschine befand sich der Zulauf. Johann griff nach dem Hahn. Er ließ sich beunruhigend leicht drehen. Durch den Hahn war das Strömen des Wassers zu spüren, und das schien sich keinen Deut zu verringern. »Verflixt!«

»Ich hab den schon gedreht, bis es nicht mehr ging«, sagte Jakob.

»Und dann hat es so'n Geräusch gemacht und auf einmal drehte es sich wieder ganz leicht!«, ergänzte Carlotta.

Die roten Flecken auf Jakobs Wangen verstärkten sich.

»Und dann hast du gesagt: *Oh shit, ich glaub, ich hab das beschissene Schrottteil gecrasht!*«, fügte Carlotta hinzu.

»So was sagt man nicht!«, ermahnte Till.

Jakob warf seiner kleinen Schwester einen mordlüsternen Blick zu, ehe er hastig nach unten sah.

»In welche Richtung hast du gedreht?«, fragte Johann.

»Weiß nicht genau«, murmelte Jakob. »Ich war etwas in Panik.«

Johann stöhnte. Der Wasserhahn war uralt und billig. Jakobs Diagnose erschien Johann bedauerlicherweise zutreffend. Er watete durch den Keller und fand zwischen aufgestapelten Konservendosen und einem völlig durchweichten Karton mit Altpapier den Haupthahn für die Wasserversorgung. Johann versuchte, ihn zuzudrehen. Aber das Teil rührte sich nicht. »Verdammt!«, stieß er aus.

»In diesem Haus wird nicht geflucht!«, zitierte Till. »Das hast du selbst gesagt, als Jakob beim Fifa-Turnier gegen so einen Hirni rausgeflogen ist und ganz laut gerufen hat: ›So eine verf...‹«

»Das ist jetzt nicht hilfreich!«, unterbrach ihn seine ältere Schwester.

»Nicht kaputt machen, Papa!«, warf Carlotta fachmännisch ein.

»Jetzt haltet alle mal die Klappe!«, rief Johann ungeduldig.

Er umfasste mit beiden Händen den Hahn.

»Lieber Gott«, hörte er Till flüstern. »Leider ist Papa ein bisschen schwächlich. Bitte gib ihm Kraft, so wie Simson. Aber lieber nicht ganz so viel, damit er nicht das Rohr abreißt und wir alle ertrinken. Nur so viel, wie zum Beispiel dem Papa von Emma, der immer so Muskelshirts trägt und Emmas Fahrrad mit einer Hand anheben kann, und von dem Frau Schmidt heimlich zu Frau Schulze-Hohlzahn gesagt hat: ›Er ist gebaut wie ein Akropolis.‹« Spätestens bei Tills würdevoll geflüstertem »Amen« konnte Johann das irre Kichern, das in ihm aufgestiegen war, nicht mehr unterdrücken.

Er spürte die besorgten Blicke seiner Kinder auf sich ruhen. Gerade als Carlotta beruhigend eine Hand auf seine Schulter legte und fragte: »Weinst du?«, löste sich der Hahn mit einem Quietschen, und es gelang Johann, ihn zuzusperren.

»Nein«, gluckste Johann. »Ich weine nicht!« An Till gewannt fügte er hinzu: »Und es heißt Adonis.«

»Häh?«

Johanns Handy klingelte. Er fischte es aus der Hosentasche. »Egal«, Johann winkte ab. »Jetzt sehen wir zu, dass wir das Wasser hier herauskriegen!«

Er warf einen Blick auf das Display. Eine unbekannte Nummer. Dafür hatte er jetzt keine Zeit.

»Ey, was soll das?«, schimpfte Luisa.

»Mann, dann steh nicht im Weg rum!«, fauchte Jakob.

Johann wandte sich genervt um und wollte das Handy gerade wieder in die Hosentasche schieben, im gleichen Moment jedoch stieß er gegen eines der Kinder. Das Smartphone entglitt seinen Fingern und plumpste ins Wasser. »Sch...!«, entfuhr es ihm.

Carlotta sprang erschrocken zur Seite.

»Mein Handy! So ein Mist!« Johann bückte sich und fischte das Gerät aus dem Wasser. Das Display flackerte. Hastig schaltete er es aus.

»Mann, Carlotta, kannst du nicht aufpassen!«, schimpfte Luisa.

»Ich hab gar nichts gemacht!«, verteidigte sie sich.

»Ruhe!«, brüllte Johann. »Ich will kein Wort mehr hören! Keine Vorwürfe, keinen Streit, keine Kommentare. Nichts!« Er funkelte seine Kinder der Reihe nach böse an. »Ich bin gleich wieder da.«

Er stapfte nach oben in die Küche, füllte eine Schüssel mit Reis und legte sein Handy hinein, dann holte er die größten Schüsseln, die er fand, und brachte sie in den Keller. »Ihr nehmt euch jetzt diese Plastikschüsseln und schöpft Wasser in den Eimer. Jakob holt einen zweiten Eimer aus dem Schuppen. Alle füllen Wasser in die Eimer, und wenn sie voll sind, bringen Jakob und ich sie nach oben und schütten das Wasser ins Klo.«

So arbeiteten sie schweigend zusammen. Nach dem zehnten Eimer spürte Johann bereits seinen Rücken, und das Wasser schien nicht weniger zu werden. Als er wieder in Richtung Kellertreppe lief, hörte er ein leises Tuscheln, doch es verstummte sofort, als sein Fuß die erste Stufe knarren ließ.

Nach zehn weiteren Eimern sagte Johann deutlich sanfter: »Danke, Kinder.«

Sie nickten stumm.

Nur Till interpretierte den Kommentar seines Vaters als Aufforderung, das Schweigen zu beenden. »Früher, als die

Sklaven auf den Feldern schuften mussten, da haben sie immer Lieder gesungen, um sich Mut zu machen. Zum Beispiel das Lied vom Süßigkeitenwagen.«

»Sklaven?« Johann runzelte die Stirn.

»Süßigkeitenwagen?«, fragte Carlotta.

»Ja, hat unsere Reli-Lehrerin erzählt. Und weil ich heute dran bin mit nett sein, obwohl ich eigentlich gar nicht nett sein will, werde ich euch jetzt mal ermutigen.« Er räusperte sich und fing mit hoher Stimme und grausigem Englisch an zu singen:

Swing low, sweet chariot
Coming for to carry me home,
Swing low, sweet chariot,
Coming for to carry me home ...

»Und was hat das mit Süßigkeiten zu tun?«, unterbrach Carlotta.

»Das heißt: Schwing sanft, lieber Süßigkeitenwagen. Komm mal her und bring mich nach Hause«, übersetzte Till etwas eigenwillig.

Carlotta bekam große Augen. »Der Süßigkeitenwagen ist so groß, dass man darin sitzen kann?«

Till nickte ernst.

»Cool!«

Luisa kicherte und Till fing wieder an zu singen:

Swing low, sweet chariot
Coming for to carry me home ...

Nun fiel auch Luisa mit ein:

Swing low, sweet chariot,
Coming for to carry me home.

Jakob folgte und auch Carlotta beteiligte sich mit ihrem ganz speziellen Fantasie-Englisch:

I looked over Jordan, and what did I see
Coming for to carry me home?
A band of angels coming after me,
Coming for to carry me home.

Ein Lächeln legte sich auf Johanns Züge, als seine vier Kinder voller Inbrunst diesen alten Spiritual sangen und dabei mit ihren bunten Plastikschüsseln das Wasser vom Kellerboden schöpften.

»Woher kennt ihr alle den Text?«

»Das ist Frau Rosskopfs Lieblingslied«, erwiderte Luisa und Jakob nickte. Frau Rosskopf war die einzige Religionslehrerin der Grundschule, die alle seine Kinder besuchten beziehungsweise besucht hatten. Offenbar war zumindest dieser Song in den Köpfen ihrer Schüler hängen geblieben.

»*Swing low, sweet chariot*«, gab Till vor und die anderen fielen ein: »*Coming for to carry me home ...*«

Nun musste auch Johann mitsingen: »*Swing low, sweet chariot, coming for to carry me home.*«

Es war ein besonderer, fast heiliger Moment. Aus Unglück, Fehlentscheidungen, Streit und Chaos wuchs etwas Kostbares. Nicht etwa, dass der Gesang besonders schön gewesen wäre. Es war das unsichtbare Band, das zwischen ihnen entstand, und das kaum bewusste Ahnen, dass da noch jemand bei ihnen war, nicht sichtbar, nicht spürbar und doch nicht weniger real.

Sometimes I'm up, and sometimes I'm down,
(Coming for to carry me home)
But still my soul feels heavenly bound.
(Coming for to carry me home)

Johann spürte, wie sein Blick verschwamm. Verwundert registrierte er, dass ihm die Tränen in die Augen stiegen. Hastig wischte er sich mit dem Ärmel über das Gesicht. Er kannte diesen Song schon länger als sein halbes Leben. Er wusste, was er bedeutete. *Manchmal geht's mir gut, und manchmal geht's mir schlecht* ... Oberflächlich betrachtet war dieser Satz unglaublich banal, eine Binsenweisheit. Aber wenn er sich in das Leben der schwarzen Sklaven hineinversetzte, wenn er ihre Entwurzelung und Demütigung, ihre tiefe Traurigkeit und Einsamkeit auch nur ansatzweise nachzuempfinden versuchte, bekamen diese schlichten Worte eine Wucht und Tiefe, die ihn erschauern ließ.

Er hatte das Gefühl, seit Lindas Tod in tiefe Dunkelheit getaucht zu sein, aus der es kein Entrinnen gab. Und in dieser Dunkelheit hatte er sich stets vollkommen allein gefühlt. Nun wurde ihm bewusst, dass dies in doppelter Hinsicht eine Lüge gewesen war. Er war nicht allein, war es niemals gewesen. Es gab andere, die wussten, wie er sich fühlte, weil sie es am eigenen Leib erfahren hatten. Und die Dunkelheit war auch nicht vollkommen. Es gab Momente des Lichts. Gerade jetzt sickerte durch den schiefen Gesang seiner Kinder Licht in den dunklen Keller seiner Seele. Nur fiel es ihm aus irgendwelchen Gründen schwer, diese Lichtmomente in Erinnerung zu behalten. Sobald die Dunkelheit zurückkam, schien es ihm, als hätten sie nie existiert. So hatte er ein Stück weit den Wirklichkeitsbezug verloren.

Aber immer fühlt sich meine Seele mit dem Himmel verbunden.

Dutzende, vielleicht Hunderte Male hatte er diese Worte gehört, und sie waren an ihm vorbeigerauscht. Doch heute, in diesem Augenblick, schienen sie Widerhaken zu haben. Sie klammerten sich tief in ihm fest, und er spürte Hoffnung. Hoffnung, die keine billige Jenseitsvertröstung war, sondern im Hier und Jetzt ansetzte, mitten im Chaos, mitten in Traurigkeit, Wut und Zweifeln. Wenn der Himmel die Umschreibung für Gottes Realität war, eine Realität, die radikal anders war als die irdische – und radikal gut, eine Realität in der nun auch Linda geborgen war –, dann war dieser Himmel kein Wünsch-dir-was, kein billiges »Irgendwann-wird-alles-gut«. Dann war er genauso wirklich, wie das Wasser auf dem Boden des Kellers, und nahm Einfluss auf sein jetziges Leben. Hin und wieder sprang ein Funken dieser Realität in Johanns Schattenwelt hinüber, wenn auch manchmal sehr unscheinbar und indirekt – so, wie das Licht der Sonne auch in unsere dunkelste Nacht hineinkommt, wenn der Mond ihr Leuchten widerspiegelt.

Plötzlich spürte Johann eine Hand auf seiner Schulter

und das Kitzeln von Carlottas Haaren an seiner Wange. »Du musst nicht weinen, Papa«, hauchte sie ihm tröstend ins Ohr. Und Johanns Nase verriet ihm, dass seine Tochter sich heute offenbar einen Hotdog mit Röstzwiebeln gegönnt hatte.

»Wir schaffen das!«

»Da hast du absolut recht, Lotti.« Johann gab ihr einen Kuss auf die Wange.

»Du pikst«, beschwerte sich Carlotta.

»Nicht knutschen, sondern schöpfen!«, befahl Jakob.

Johann salutierte. Carlotta kicherte und dann schöpften sie weiter. Es dauerte bis weit nach 23 Uhr, bis sie den Raum einigermaßen trockengelegt hatten. Die Kinder würden am nächsten Morgen völlig übermüdet sein. Aber das machte nichts. Es gab Wichtigeres als die Schule.

Als Johann endlich mit schmerzendem Rücken ins Bett fiel, hatte er das Gefühl, sanft hin und her geschaukelt zu werden. Und für einen kurzen Moment erschien vor seinem geistigen Auge ein großer alter Bollerwagen, randvoll gefüllt mit Süßigkeiten.

11

MOBBINGVERDACHT

Libes Tagebuch,
ich glaub das ist schif gegangen. Jakob hate gestern vom
Adventskalender den Auftrag bekommen, was für di familie
zu tun, was er noch ni getan hat. Er hat noch ni di wäsche
gewaschn. Gestern wars das erstemal.

Ich hab ne gute und ne schlechte nachricht für dich. Die gute
ist, das ich heut nicht duschen mus. Die schlechte ist, das n
Schlauch explodirt is oder so. Der ganze Keller war voll Wasser
und Papa muste den Haupthan abstelln. Wir haben ganz lange
Wasser geschöpft. Du denkst jetz bestümmt, das war schlimm.
Aber das wars garnich. Wir haben Lider gesungen und warn
ein Team. Das war kuul.

Vileicht wunderst du dich, das ich Team so gut schreiben
kann. Tja libes Tagebuch, das kommt vom Fusball. Da hab ich
das gelernt.

Nun is das Wasser zwar weggewischt aber der schlauch is
immer noch kaput. Deshalb warten wir aufn Handwerker und
bis dahin können wir nicht duschn. Und abwaschn is auch
blöd. Also ich komm damit klar. Doof is nur, dass wir jetzt mit

nem Eimer spüln müssen, wenn wir gekleckert haben. Und das Wasser müssen wir von der Gartenpumpe holn.

Vor 2 Tagen war Nikolaus. Ich hatte Süsigkeiten und ne neue Ballpumpe in meinen Schuhn. Keine schlechte Ausbeute find ich.

Heute bin ich wieder dran mit dem Kalender. Ich bin ein bischen besorgt ...

Deine Carlotta

PS: Das spiel gegen Rudo lief so mittel. Wir ham erst geführt, aber zum Schluss ist es 3:3 ausgegangen. Wir müssn im gegenprässing besser werden, sonst würd das nix.

»Boah, das stinkt!« Till kam unter Nutzung seines beeindruckenden schauspielerischen Talents aus dem Badezimmer getaumelt und warf seiner älteren Schwester vorwurfsvolle Blicke zu.

Luisa ignorierte ihn und arbeitete systematisch daran, eine gewaltige Portion Müsli zu verspeisen. Johann schüttelte leicht den Kopf. Seine Tochter war ihm ein einziges Rätsel. Mal knabberte sie wie eine Spitzmaus an einem Knäckebrot und mal verschlang sie Portionen für eine halbe Fußballmannschaft.

»Till hat recht«, bemerkte Jakob. »Du hättest nicht gleich die ganze Flasche Deospray aufbrauchen müssen.«

»Sehr witzig«, erwiderte Luisa. »Euch macht es vielleicht nichts aus, wie ein Rudel Iltisse zu stinken. Ich ziehe es vor, wenn die Menschen in meiner Nähe nicht ins Koma fallen.«

»Wieso?«, warf Carlotta ein. »Das wäre doch voll cool.

Dann würde heute Nawi ausfallen. Da sitze ich nämlich in der ersten Reihe. Damit Frau Schmidt mich im Blick hat.« Naturwissenschaften war auch ohne Frau Schmidt nicht so Carlottas Spezialgebiet.

»Was ist ein Rudel Iltisse?«, fragte Till.

»Iltisse sind Tiere«, erwiderte Jakob. »Ein Rudel sind viele Tiere.«

»Aha. Und die Iltisse stinken?«

»Ja«, sagte Luisa.

»Woher weißt du das?«, bohrte Till nach. »Hast du schon mal einen getroffen?«

»Das weiß jeder«, erwiderte Luisa genervt.

»Stimmt ja gar nicht«, widersprach Till. »Ich zum Beispiel weiß das nicht.«

»Okay, Kinder«, unterbrach Johann rasch. »Das faszinierende Thema Iltisse ist hiermit beendet. Wer von euch ist denn heute mit dem Adventskalender dran?«

»Carlotta«, sagte Jakob.

Seine Schwester verzog das Gesicht.

»Du musst heute etwas für jemand anderes tun«, sagte Luisa, nachdem sie einen der kleinen Zettel aus dem Adventskalender-Glas gefischt und auseinandergefaltet hatte.

»Schon wieder?«

»Ja, aber diesmal muss es nicht heimlich sein.«

»Du könntest zu jemandem nett sein, zu dem du sonst nicht nett wärst«, schlug Jakob vor. Er grinste. »Zu mir zum Beispiel.«

»Hä? Ich bin immer nett, du Blödmann.«

»Ach so.« Jakob tat überrascht. »Das kannst du aber ziemlich gut verbergen. Vielleicht solltest du mal so nett sein, dass andere das auch mitbekommen?«

»Ich bin voll supernett, du alter Furzkopp!«

»Genau«, sprang Luisa ihrer kleinen Schwester bei. »Carlotta startet hier total die Charme-Offensive und du schnallst gar nichts.«

Carlotta stemmte die Fäuste in die Hüften und sah ihren Bruder herausfordernd an. »Merkste selber!«

Luisa kicherte und Carlotta fuhr herum. »Machst du dich über mich lustig?«

»Leute, es reicht!«, unterbrach Johann. »Ihr habt den Adventskalender nicht erfunden, um euch besser streiten zu können, oder?«

Niemand antwortete. Die Blicke, die Carlotta ihren älteren Geschwistern zuwarf, wirkten allerdings wenig versöhnlich.

»Los jetzt!«, brummte Johann. »Sonst kommt ihr noch zu spät zur Schule.«

Die Geschwister holten ihre Rucksäcke, auch Till hatte wieder regulären Unterricht.

Fünf Minuten später saß Johann am Schreibtisch. Eine Tasse Kaffee und eine Schüssel mit Süßigkeiten standen griffbereit neben dem Rechner. Der Cursor blinkte auffordernd, Johanns Finger lagen auf der Tastatur.

Zeit loszulegen.

Worte bildeten sich in Johanns Hirn und wurden wieder verworfen.

Fünf Minuten vergingen.

Seine Gedanken drifteten ab. Hatte er eigentlich schon den Rasen gemäht? Herr Krause von nebenan konnte sehr anstrengend werden, wenn Löwenzahnsamen von Johanns Grundstück auf seinem englischen Rasen landeten.

Der Abgabetermin ist Ende September, also konzentriere dich endlich!, rief Johann sich selbst zur Ordnung.

Vielleicht sollte er um eine Verlängerung bitten? Wenn er das jetzt absprach, konnte der Verlag sein Programm vielleicht noch anpassen. Andererseits lief es gerade ohnehin nicht sonderlich gut. Wenn er sich jetzt noch als unzuverlässig erwies, könnte es sein, dass dies sein letztes Projekt war. Die Erfolge der Vergangenheit waren bedauerlicherweise kein Garant für weitere Verträge.

Er seufzte.

Sein Handy verkündete das Eintreffen neuer Nachrichten. *Vielleicht die Agentur?*, fragte sich Johann, wider besseren Wissens. Es gab fünf neue Nachrichten aus dem Fußballgruppenchat – er wusste, dass es ein Fehler gewesen war, dort beizutreten. Auch der Schulcaterer der Kleinen hatte eine Nachricht geschickt. Er warf einen Blick auf den mitgeschickten Speiseplan. Kurz darauf ertappte er sich bei folgendem Gedankengang: *Spaghetti Bolognese steht für den Ursprung des Gerichtes in Bologna. Aber was ist eigentlich der Namensgeber für Spaghetti Carbonara?*

Jetzt konzentriere dich endlich!

Johann las das vorherige Kapitel, um wieder ein Gefühl für die Story zu bekommen. Dabei stellte er fest, dass ihm der Name seines Protagonisten eigentlich nicht gefiel. Er testete verschiedene Namen, fand keinen, der ihn überzeugte, und beschloss, dass er dies jederzeit noch ändern konnte.

Sein Handy klingelte und er warf einen Blick auf die Nummer. Das war sein Bankberater. Johann biss sich auf die Lippen. In letzter Zeit hatte es noch nie gute Nachrichten von seiner Bank gegeben. Außerdem hatte er jetzt keine Zeit. Er war bei der Arbeit.

Das Klingeln hörte auf. Johann brauchte etwas Süßes, griff in die Schüssel und stellte fest, dass sie leer war. Hatte er, ohne es zu merken, eine ganze Tafel Schokolade vertilgt?

Das Telefon klingelte erneut. Diesmal war es die Kfz-Werkstatt. Seufzend nahm er ab.

»Tachchen, Kowalski hier. Ick ruf an wejen Ihrem T4.«

»Und?«, fragte Johann.

»Ick hab ne jute und ne schlechte Nachricht für Sie. Die jute is: Der Motor ist noch Eins a. Ditt Ding macht noch seine 200.000!«

»Und die schlechte?«

»Die Batterie ist durch, da muss ne neue her. Der Auspuff ist so verrostet, da muss ick Ersatz bestellen, die Bremsen pfeifen uffn letzten Loch und die Achsen müssen neu einjestellt werden. Sind Se mit dit Ding offroad unterwegs jewesen? Dit sieht echt übel aus.«

»Und was soll der Spaß kosten?«

»Kann ick nich jenau sagen, aba mal so locka ausse Hüfte jeschossen, empfehl ick Ihnen ma zweeeinhalb Mille beiseitezulegen.«

»Zweieinhalbtausend Euro?«

»Ja, Pesos nehm ick nich.«

»Dafür krieg ich ja einen neuen ... Gebrauchten.«

»Aba keenen T4.«

»Und wenn Sie nur das Allernötigste machen?«

»Ditt is ditt Allernötichste!«

»Da muss ich noch mal drüber schlafen.«

»Aba schlafen Se nich zu lange. Ick hab nich viel Platz uffn Hof. Wenn Se die Reparatur nich machen wollen, müssen Se den Wagen wieda abholn.«

»Okay, ich melde mich.«

Johann sank in seinen Stuhl zurück. Zweieinhalbtausend Euro, vielleicht sogar mehr. Woher sollte er das Geld nehmen? Wie in Trance stand er auf, ging zum Schrank, öffnete eine Tüte Gummibärchen und schob sich eine Handvoll in den Mund.

Das Telefon klingelte erneut. Johann schob sich fünf rote Gummibärchen auf einmal in den Mund und ignorierte den Anruf. *Jetzt nicht.*

Das Klingeln hörte auf und setzte dann erneut ein. Er warf widerwillig einen Blick auf das Display. Verflixt, das war die Schule. Er verschluckte sich an den Gummibärchen und nahm gleichzeitig den Anruf entgegen. »Weißborn«, krächzte er und bekam einen Hustenanfall.

»Guten Tag, hier ist Frau Schmidt ... alles in Ordnung?«

»Geht ... schon.«

»Es geht um Carlotta ...«

Ein neuer Hustenreiz packte Johann.

»Du meine Güte. Vielleicht sollten Sie zum Arzt gehen?«

»Sind nur ... verirrte Gummibärchen ...«, keuchte Johann. »Was ist mit Carlotta?«

Frau Schmidt räusperte sich. »Ich muss Ihnen leider mitteilen, dass sie in letzter Zeit in beunruhigendem Ausmaß gegen unsere Schulregeln verstößt. Ich denke, Sie sollten in Erwägung ziehen, einen Termin bei unserem Schulpsychologen ...«

»Was ist passiert?«, unterbrach sie Johann.

»Carlotta hat gegen unsere Handyregel verstoßen!«

Johann verdrehte die Augen. Es gab wirklich Schlimmeres.

»Das wirklich Erschreckende allerdings ist, dass sie ihren Adoptivbruder Till mit in die Sache hineingezogen hat. Die beiden haben einen Jungen gefilmt hat, der geärgert wurde.«

»Was?«

»Wir dulden an dieser Schule kein Mobbing! Auch tragische familiäre Hintergründe sind keine Rechtfertigung dafür!«

Johann spürte, wie die Wut in ihm hochkochte. »Kein Wort mehr über unsere Familie! Sie haben nicht die leiseste Ahnung, wovon Sie da reden!«

»Herr Weißborn, es ist nicht meine Absicht, Ihre Gefühle zu verletzen, aber Sie können doch nicht ignorieren, dass Carlotta ihre Mutter verloren hat und ...«

»Ich ignoriere überhaupt nichts! Aber Sie ignorieren meine persönlichen Grenzen und die meiner Kinder. Und jetzt will ich wissen, was Carlotta und Till zu dem Vorfall gesagt haben.«

»Bei dem Mitschüler, den sie gefilmt haben, handelt es sich um Rudolph. Also jenen Jungen, dem Carlotta kürzlich schon eine blutende Wunde zugefügt hat. Ein Lehrer hat Ihre beiden Kinder bei ihrem Tun beobachtet, da sind die fantasievollen Ausreden der beiden zweitrangig, finden Sie nicht?«

»Ich finde, dass Sie sehr schnell dabei sind, sich ein Urteil zu bilden. Ich kenne meine Tochter und meinen Sohn. Carlotta hat ein sehr ausgeprägtes Gerechtigkeitsempfinden und Till kann keiner Menschenseele ein Leid antun. Sie würden niemals ein anderes Kind mobben.«

»Vielleicht kennen Sie Ihre Kinder nicht so gut, wie Sie meinen.«

»Ich glaube, das bringt uns nicht weiter. Wir sollten das in einem persönlichen Gespräch klären.«

»Ich habe jetzt Unterricht. Sie können für ein Gespräch um 14 Uhr in mein Büro kommen.«

»Ich werde da sein!« Johann beendete das Gespräch. Seine Hände zitterten. Wo war Gott eigentlich, wenn man vor Wut und Empörung fast platzte?

12

STREAMEN STATT BLUFFEN

Als Johann das Büro von Frau Schmidt betrat, hatte sich sein Blutdruck fast wieder normalisiert.

»Frau Schmidt.« Er schüttelte der Rektorin die Hand.

Sie erwiderte den Händedruck und lächelte schmallippig. »Wir gehen nach nebenan, in unseren Besprechungsraum.«

Carlotta und Till erwarteten sie bereits. Sie wirkten erstaunlich gelassen. Carlotta saß auf einem Stuhl und baumelte mit den Beinen. Till sprang von seinem Stuhl auf und umarmte Johann, als er in den Raum trat.

»Hallo, Papa!«, sagte Carlotta.

»Hallo, ihr beiden, geht's euch gut?«

»Klaro!«, rief Till.

Carlotta hob den Daumen.

Ihre gelassene Haltung überraschte Johann. Er atmete tief durch und nahm neben seiner Tochter Platz. Till nahm im Schneidersitz auf dem Stuhl neben ihm Platz. Carlotta legte ihre Hand auf seine und streichelte sie beruhigend, während Till liebevoll sein Knie tätschelte. Johann blickte irritiert erst seine Tochter, dann seinen Sohn an. Sollte es nicht eigentlich umgekehrt sein?

Die Rektorin nahm gegenüber Platz. »Schön, dass Sie Zeit gefunden haben, Herr Weißborn.« Sie wandte sich mit strengem Blick Carlotta zu. »Wir sind hier, weil wir eine ernste Angelegenheit besprechen müssen. Du kennst die Regeln, Carlotta. Das Nutzen von Handys ist während des Unterrichts und in den Pausen strengstens untersagt.« Carlotta wollte etwas erwidern, doch Till platzte heraus. »Das war ja gar nicht Carlottas Handy, sondern meins.«

»Das macht die Sache nicht besser, Till!« Frau Schmidt fixierte wieder Carlotta: »Es ist schlimm genug, dass du deinen Bruder in die Sache hineingezogen hast. Viel schlimmer allerdings ist, was du Rudolph angetan hast.«

»Aber ich habe doch ...«, setzte Carlotta an.

»Jetzt rede ich!«, unterbrach sie Frau Schmidt.

Johann spürte, wie die Wut in ihm hochkochte. Es war nur die seltsame Gelassenheit seiner Kinder, die ihn daran hinderte, Frau Schmidt zornig anzufahren. Er spürte Tills Hand auf seinem Knie und Carlottas schmale Finger, die beruhigend auf seinen Handrücken klopften.

»Du kennst unsere Regeln gegen Mobbing, Carlotta! Wir haben das im Unterricht ausführlich besprochen.« Sie schüttelte mit trauriger Miene den Kopf. »Weißt du eigentlich, was es für schlimme Folgen haben kann, wenn man einen Menschen filmt, der gerade von anderen geärgert wird, und das dann ins Netz stellt?«

»Ja«, Carlotta nickte eifrig. »Weiß ich.«

Fassungslos starrte Frau Schmidt sie an. »Hasst du Rudolph so sehr?«

»Quatsch«, erwiderte Carlotta. »Ich hasse ihn überhaupt nicht.«

»Dann mobbst du ihn nur so aus Spaß, oder wie soll ich das verstehen?«

»Frau Schmidt!«, warf Johann mahnend ein.

Carlotta schüttelte den Kopf, bevor sie etwas sagen konnte, ergriff allerdings ihr Bruder das Wort: »Pass auf, Frau Schmidt, das ist so. Unser Adventskalender aus Schokolade ist ... äh schon am ersten Tag alle gewesen, also haben wir uns was Neues überlegt. Wir haben einen neuen Kalender, bei dem es darum geht ...«

»Till!«, unterbrach Frau Schmidt streng. »Ich verstehe, dass du deine Schwester schützen willst, aber deine Kalendergeschichten sind hier absolut fehl am Platz. Verstehst du denn nicht, worum es geht?«

»Ich schon, aber du nicht, Frau Schmidt, weil du ja nicht zuhörst«, erwiderte Till streng. »Man muss auch zuhören können. Hören ist besser als schwören«, fügte er mit feierlichem Ernst seine selbst gedichtete Weisheit hinzu.

Irgendwo hinter der brodelnden Empörung der Rektorin schien noch ein Funken Humor überlebt zu haben. Zumindest bildete sich Johann ein, ein winziges Zucken um ihre Mundwinkel beobachten zu können, als sie erwiderte: »Ach? Ist das so?«

»Klaro«, erklärte Till souverän. »Also, wir haben einen neuen Kalender, wo jeder etwas für andere machen muss, zum Beispiel nett sein, obwohl man das eigentlich gar nicht will. Heute ist Carlotta dran. Sie muss etwas für jemand anderen tun.«

Die Rektorin hob ungeduldig die Brauen.

Johanns Handy klingelte. Er drückte den Anruf weg und stellte es auf lautlos. »Bitte lassen Sie die Kinder erzählen«, sagte er. »Ich bin zuversichtlich, dass sich alles aufklären wird.«

»Also gut«, seufzte Frau Schmidt. »Fahr bitte fort, Till.«

»Ich?«, fragte dieser verdutzt. »Wohin denn?«

»Du sollst weitererzählen«, erklärte Carlotta.

»Ach so. Das war so. Ich war in der großen Pause und hab gerade mit Tobi diskutiert, dass Superman stärker ist als Spiderman. Da hat Tobi gesagt, das geht gar nicht, weil Spiderman zum Marvel-Universum gehört und Superman zum anderen – den Namen habe ich vergessen. Ist aber auch egal, hab ich gesagt, weil man auch stärker sein kann in nem anderen Universum ...«

Frau Schmidt räusperte sich.

»Till«, raunte Johann.

»Äh ... na gut, jedenfalls kam dann Carlotta ganz außer Puste angerannt ...«

»Ich war überhaupt nicht außer Puste«, empörte sich seine Schwester.

»Doch, warst du.«

»Kinder!«, sagte Johann streng.

»Jedenfalls sagte sie: *Till, ich brauch dein Handy. Sofort!*

Wieso das denn?, hab ich gefragt. *Mein Akku ist leer,* hat sie gesagt.

Na und?, hab ich gesagt.

Und dann hat Carlotta gesagt: *Wir müssen Rudolph retten.*
Tja«, Till grinste breit. »Und dann haben wir das gemacht.«

Frau Schmidt warf Johann einen fragenden Blick zu. Der zuckte mit den Achseln.

»Da waren diese großen Jungs aus der sechsten oder siebten Klasse«, mischte sich Carlotta ein. »Die haben den Rudolph dahinten am Zaun hinter das Gebüsch gezerrt.« Sie schaute aus dem Fenster und zeigte auf den bepflanzten Streifen hinter dem Schulhof.

»Warum hast du nicht dem Aufsichtslehrer Bescheid gesagt?«, fragte Frau Schmidt.

»Der war nicht da.«

»Das kann ja gar nicht sein.«

»Frau Schmidt, sie hat ihn nicht gesehen. Nun lassen Sie Carlotta doch zu Ende reden.«

»Also sind Till und ich mit dem Handy zu den Büschen gerannt.«

»Die großen Jungs haben Rudolph voll fies geärgert und einer hat ihn mit dem Handy gefilmt. Aber so, dass die anderen nicht zu erkennen waren. Also habe ich alle gefilmt und gesagt, sie sollen sich lieber verpieseln. Und dann kam Herr Obermaier und sie sind abgehauen.«

Frau Schmidt blickte die beiden an. Dann stand sie abrupt auf und holte das Handy. Sie ließ es von Till entsperren und spielte den Film ab.

Man sah den sandigen Boden des Schulhofs und dann Tills Sandalen.

»Läuft die Kamera?«, fragte Carlottas Stimme.

»Ich glaube schon«, erwiderte Till. Dann wurde auf den Selfie-Modus umgestellt und Tills konzentriertes Gesicht erschien auf dem Bildschirm. Neben ihm tauchte Carlottas Gesicht auf. »Nee, andersherum!« Sie griff energisch nach dem Handy und schaltete wieder die Hauptkamera ein.

Dann sah man Füße, vorbeifliegende, belaubte Zweige und schließlich eine Gruppe älterer Jungen, die sich um einen auf dem Boden knienden Siebenjährigen versammelt hatten.

»Los, du Opfer, küss meine Füße!«, befahl einer von ihnen. Die anderen johlten.

»Lasst ihn in Ruhe, ihr Dumpfbacken!«, erklang Carlottas Stimme.

»Genau!«, bestätigte Tills Stimme. »So viele gegen einen ist voll feige.«

Verdutzt schauten die Jungen auf. »Ey, guckt euch mal die Kleine und den Spast an«, feixte einer.

»Wollt ihr was aufs Maul haben?«, fauchte einer.

»Nein, danke!«, sagte Till, aber seine Stimme zitterte.

»Ihr seid so was von feige!«, schrie Carlotta wütend. »Aber schön, dass ihr alle in die Kamera guckt. Dann kann man euch gut wiedererkennen.«

»Los, gib das Handy her!« Einer der Jungs ging auf sie zu.

»Wenn der Film schon im Netz ist, nützt dir das Handy auch nichts«, sagte Carlotta.

»Genau«, bestätigte Till.

Die Jungs sahen sich irritiert an. »Die blufft doch nur!«, brummte einer von ihnen.

»Stimmt ja gar nicht. Ich streame. Das hat mir mein großer Bruder gezeigt!«, erwiderte Carlotta.

»Was ist da los?«, erklang eine strenge Männerstimme.

»Shit, der Obermaier.«

Die Jungs flohen.

»Carlotta, was machst du da? Gib das sofort her!« Eine Hand griff nach dem Handy. Die Kamera wurde ausgeschaltet.

»Siehste, Frau Schmidt, wir sind nicht die Bösen, wir haben geholfen!«, sagte Till.

Frau Schmidt war einen Hauch blasser geworden und wirkte mit einem Mal sehr nachdenklich. Dann gab sie Till sein Handy zurück. »Das war sehr mutig von euch. Ich entschuldige mich, dass ich euch zu Unrecht verdächtigt habe.«

»Schon gut«, Till winkte lässig ab. »Wir vergeben dir.«

Carlotta nickte nach kurzem Zögern.

»Das ist sehr nett von euch.«

»Kein Ding, Jesus hat uns ja gesagt, wir sollen unseren Feinden vergeben«, erwiderte Till.

Frau Schmidts Lächeln wirkte etwas angestrengt.

»Okay, Kinder, ich denke, wir gehen jetzt.« Johann schüttelte Frau Schmidt die Hand. »Danke, dass sie den beiden zugehört haben.«

Frau Schmidt schien sich innerlich zu winden. »Da gibt es nichts zu danken. Ich muss mich für mein vorschnelles Urteil entschuldigen.«

Als sie im Auto saßen, sagte Johann: »Carlotta, Till, ihr wisst gar nicht, wie stolz ich auf euch bin.«

»Das stimmt«, meinte Till. »Aber du kannst es uns ja verraten.«

Johann schmunzelte. »Ich bin unglaublich megagiganto-krassdoll stolz auf euch.«

»Okay, das ist ganz schön doll«, resümierte Till zufrieden.

»Ihr wart unglaublich mutig und auch superschlau! Carlotta, woher wusstest du, was du tun musstest?«

Seine Tochter zuckte mit den Achseln. »Jakob hat mir mal eine Geschichte erzählt, da war das genauso. Das ist mir plötzlich wieder eingefallen.«

»Und auf welcher Plattform hast du das gestreamt?«

»Plattform? Keine Ahnung, ich dachte, das passiert automatisch.«

»Oh, nicht wirklich, mein Schatz.«

Im Rückspiegel sah er sie unbekümmert mit den Achseln zucken. »Hauptsache, es hat funktioniert.«

»Genau!«, bestätigte Till.

»Wisst ihr, was mich fast am meisten überrascht hat?«

»Nö?«, beantwortete Till die rhetorische Frage.

»Ihr wart so unglaublich ruhig und gelassen, als Frau Schmidt und ich in den Raum kamen. Habt ihr euch gar keine Sorgen gemacht?«

»Doch, anfangs schon«, sagte Till.

»Und ich war stinksauer, weil die Lehrer uns nicht zugehört haben und voll ungerecht waren«, ergänzte Carlotta.

»Aber dann ist uns eingefallen, dass Jesus in der Bibel gesagt hat ... ›Kommt alle zu mir, die ihr stinksauer und besorgt seid. Dann geht's euch besser.‹«

Johann lächelte angesichts der doch etwas freien Wiedergabe des Verses, und staunte zugleich darüber, wie tief Till den Kern der Botschaft in sich aufgenommen hatte.

»Und dann haben wir gedacht, wir sitzen hier eh nur rum, dann können wir ja auch gleich beten«, fuhr Carlotta fort.

»Das haben wir dann auch gemacht«, ergänzte Till. »Wir haben gebetet, und ganz langsam ist dann die Angst aus mir rausgetröpfelt, wie durch ein Loch in 'ner Wasserflasche.«

Carlotta nickte. »Es hat 'ne ganze Weile gedauert, aber irgendwann war in meinem Kopf der Gedanke: ›Ich sag nur die Wahrheit, und wenn das niemand anders glauben will, weiß ich trotzdem, dass es die Wahrheit ist – und Gott weiß es auch. Das ist das Wichtigste.‹ Und dann wurde ich ganz gechillt.«

Johann spürte einen Kloß im Hals. »Das merke ich mir, ihr beiden.«

»Gute Idee«, lobte Carlotta. »Du musst nämlich unbedingt gechillter werden.«

13

KETCHUPFLECK UND ANRUFLISTE

Am nächsten Morgen saß Johann mit Till am Frühstückstisch und betrachtete seufzend das Chaos um ihn herum. Luisa hatte seit dem Aufstehen das Bad nicht mehr verlassen und erklärt, sie habe keinen Hunger. Ihren sporadischen Wutschreien nach zu urteilen, verweigerten ihre Haare die Kooperation. Carlotta hatte ihr Frühstück hinuntergeschlungen und kickte im Flur mit einem Schaumstoffball. Till hingegen löffelte bedächtig seine dritte Portion Müsli. In der Spüle stapelte sich das schmutzige Geschirr. Kurz nach halb acht kam Jakob an den Frühstückstisch geschlurft. »Morgen«, brummte er und ließ sich auf seinen Platz fallen.

»Guten Morgen«, begrüßte ihn Johann. »Du hast noch fünf Minuten.«

Jakob grunzte etwas, das möglicherweise eine Form von Bestätigung sein sollte, und schüttete Cornflakes in seine Frühstücksschüssel. Während er mit der linken Hand großzügig Zucker hinzugab, strich er sich mit der rechten durch seine vom Kopfkissen gestylte Frisur und gähnte herzhaft. Er trug Jogginghosen, die ihm mittlerweile zu kurz waren, und ein Sweatshirt mit einem Ketchupfleck auf der linken Schulter.

»Um es positiv zu formulieren: Ich weiß es zu schätzen, dass die Sünde der Eitelkeit keine Versuchung für dich darstellt«, bemerkte Johann.

»Hä?«

»Zieh dir was Vernünftiges an!«

Jakob blickte an sich hinab und starrte dann seinen Vater verständnislos an.

Johann seufzte. Er zog sein Handy aus der Tasche, um nach der Uhrzeit zu sehen, und entdeckte haufenweise ungelesene Nachrichten und verpasste Anrufe. Offenbar hatte er seit gestern vergessen, das Handy wieder laut zu stellen. Der Fußballgruppenchat zeigte 54 ungelesene Nachrichten. Sein Bankberater hatte zweimal versucht, ihn zu erreichen, es gab eine Sprachnachricht von einer unbekannten Nummer, Anna Engelmann hatte ihm geschrieben, und Juliane, seine Agentin hatte sechsmal hintereinander versucht, ihn anzurufen. Letzteres war kein gutes Zeichen. Im Regelfall zeigte sie sich nur dann so hartnäckig, wenn es ernsthafte Probleme gab.

Es war die Stimme seines jüngsten Sohns, die ihn aus seinen Gedanken riss. »Tschüss, Papa!«

Überrascht blickte Johann auf. Till stand in durchlöcherter Jeans und Gummistiefeln an der Haustür und winkte. Carlotta hatte ihr Vereinstrikot an und spitzte die Nutella-verschmierten Lippen zu einem Abschieds-Luftkuss. Jakob schlurfte gerade in Jogginghose und Ketchupfleck-Sweatshirt aus dem Haus, und hinter den beiden Jüngsten stand eine stark geschminkte junge Frau in ultrakurzem Minirock, in dem Johann erst auf den zweiten Blick seine ältere Tochter erkannte.

»Äh ... das ist jetzt nicht euer Ernst?«

»Heute bist du dran mit dem Adventskalender!«, sagte Till im Hinausgehen.

»Was?« Er wandte sich seiner jüngeren Tochter zu, was seine ältere nutzte, um nach draußen zu schlüpfen.

»Dein Zettel liegt auf dem Tisch«, ergänzte Carlotta und folgte ihrem älteren Bruder.

»Jetzt wartet doch mal!«

»Wir müssen den Bus kriegen«, rief Luisa.

»Tschüüß«, flötete Till und winkte ihm zum Abschied.

»Mist!«, Johann sprang auf. Dann stellte er sich die zu erwartende Diskussion vor, wenn er jetzt versuchen würde, die Kinder aufzuhalten. Carlotta würde maulen, Jakob komplettes Unverständnis äußern, Luisa würde so tun, als wäre er hinsichtlich Kleidungsvorstellungen und Erziehungsmethoden aus dem vorletzten Jahrhundert, und Till würde sich aus Prinzip erst mal im Schrank verstecken. All das würde auf jeden Fall dazu führen, dass die Kinder ihren Bus verpassten. Er seufzte und ließ sich nicht ohne schlechtes Gewissen wieder auf den Stuhl fallen. Für einen kurzen Moment dachte er an Linda und das, was sie an seiner Stelle getan hätte. Doch das führte nur dazu, dass sein schlechtes Gewissen noch größer wurde.

Er griff nach seinem Telefon und drückte auf Rückruf.

»Schön zu hören, dass du noch lebst«, meldete sich Juliane. »Warum antwortest du nicht?«

»Auch dir einen schönen guten Morgen, Juliane«, begrüßte er seine Agentin. Er arbeitete seit Jahren mit der Literaturagentur Blatter & Horn zusammen. Ihr verdankte er, dass sein Thriller »Dunkelheit« bei einem der großen Publikumsverlage herausgekommen war. Ganze elf Wochen hatte er auf der Spiegel-Bestsellerliste auf Platz zwei gestanden. An diesen Erfolg hatte Johann bislang nie wieder anknüpfen können.

»Johann, ich habe dir drei E-Mails geschickt!«

»Sorry, ich habe gerade viel um die Ohren. Die Kinder ...«

»Ich weiß.« Julianes Stimme verlor etwas an Schärfe. »Glaube mir, ich weiß wirklich, dass du es nicht leicht hast. Deshalb sind diese E-Mails ja so wichtig.«

»Juliane, ich weiß, dass ›Messers Schneide‹ nicht gut läuft, dazu muss ich nicht auch noch ...«

»Es geht nicht um ›Messers Schneide‹«, unterbrach ihn seine Agentin.

»Wenn du darauf anspielst, dass ich mit meinem aktuellen Manuskript in Verzug bin ...«

»Es geht nicht um das Manuskript!«, sagte Juliane und ihr Tonfall ließ ihn aufhorchen.

»Äh ... worum geht es dann?«

»Lies deine E-Mails!« Sie legte auf.

Johann starrte einen Moment lang verblüfft auf sein Smartphone. Dann entsperrte er den Bildschirm seines Laptops und gab Julianes Namen in die Suchfunktion seines Mailprogramms ein. Er fand die drei ungelesenen Nachrichten. Bei der ersten stand im Betreff: »Angebot«. Die nächsten beiden enthielten knappe Hinweise darauf, die erste

Mail zu lesen. Er öffnete die erste Mail und seine Augen wurden groß. Johann spürte, wie sein Herz schneller zu schlagen begann. Juliane hatte ihm eine E-Mail der Cinema-Productions-Berlin GmbH weitergeleitet.

Er begann zu lesen. Und mit jedem Satz wurde er aufgeregter. Das Ganze war offensichtlich kein Scherz. Eines der renommiertesten Filmstudios Deutschlands bot ihm an, seinen Thriller »Dunkelheit« zu verfilmen, und zwar für einen großen Streaminganbieter. Er las eilig und blieb schließlich an einer Zahl hängen. 248.000 *Euro*. Er schluckte und las er das Ganze noch einmal, um sicher zu sein, dass er sich nicht täuschte. *Wir bieten Ihnen 248.000 Euro Honorar.*

Seine Hände zitterten, als er nach dem Smartphone griff. »Hallo, Johann«, meldete sich seine Agentin. »Ich nehme an, du hast die entscheidende Mail inzwischen gelesen?«

»Wenn das Ganze ein Scherz ist, bringe ich dich um!«

»Das ist wirklich eine sehr charmante Art, mir Danke zu sagen«, erwiderte Juliane. »Zuerst wollten sie nur 180.000 Euro bieten. Es war ein hartes Gefecht, aber am Ende konnte ich mich durchsetzen.«

»Nur 180.000 ...«, murmelte Johann.

»Die wollten die Story auf jeden Fall! Ich hab das gleich gespürt! Ein paar Details müssen natürlich noch geklärt werden, aber die Zusage steht. Du hast bis Weihnachten Zeit, eine Rückmeldung zu geben.«

»Ich ... weiß nicht, was ich sagen soll.«

»Wie wär's mit: ›Juliane, du bist die beste Agentin der Welt! Ich entschuldige mich für alle Zweifel, die ich jemals an dir hatte, und ich werde dir ewig dankbar sein?‹«

»Danke!«, stieß Johann hervor. »Danke, dass du das für mich getan hast!«

»Na ja, um ehrlich zu sein, ganz uneigennützig war es nicht. Zwanzig Prozent gehen an die Agentur.«

»Die hast du dir redlich verdient. Gibt es eigentlich irgendeinen Haken?«

»Nein, der Vertrag ist absolut seriös. Das Honorar wird nach Vertragsabschluss gezahlt. Selbst wenn der Film ein Flop werden sollte, was ich übrigens nicht glaube, ist dein Geld dir sicher ...«

In Gedanken sah Johann das angestrengt lächelnde Gesicht seines Bankberaters vor sich, der ihm höflich, aber unmissverständlich klarmachte, dass eine weitere Stundung des Kredits bedauerlicherweise nicht möglich sei. Die Vorstellung, solche Gespräche nicht mehr führen zu müssen, war ein Geschenk des Himmels.

»... natürlich ihre eigene Autorin«, beendete Juliane ihren Satz. »Aber auch das ist absolut üblich ...«

»Wie bitte?«

»Ich sagte, das sei branchenüblich.«

»Nein, davor. Was hast du davor gesagt?«

»Hörst du mir überhaupt zu?«

»Sorry ...«

»Für das Drehbuch haben sie eine eigene Autorin. Kari Neubert. Sie ist ein absoluter Vollprofi, hat Drehbücher für den Tatort verfasst und war bereits in Hollywood erfolgreich.«

»Das ist jetzt ein bisschen einschüchternd.«

»Ich denke mal, sie wird sich zeitnah bei dir melden. Ich habe ihr deine Nummer gegeben.«

»Wie? Du kannst ihr doch nicht einfach meine Nummer geben!«

»Ich hätte dich gerne vorher gefragt, aber du warst ja nicht erreichbar.«

Johann wollte anmerken, dass dies eine ziemlich dürftige Ausrede war, als ihm plötzlich etwas einfiel.

»Seit wann hat sie denn meine Nummer?«

»Seit vorgestern, warum?«

»Äh ... nicht so wichtig. Ich muss jetzt Schluss machen.«

»Johann!«

»Ich halte dich auf dem Laufenden. Tschüss!« Er legte auf und rief gleich darauf die Sprachnachricht der unbekannten Nummer auf.

»Hallo, Johann«, meldete sich eine samtige Altstimme. »Ich würde mich gerne mit dir treffen, um unser Filmprojekt zu besprechen. Ich weiß, es ist ein bisschen spontan, aber hättest du Samstagabend Zeit, so gegen 20 Uhr im Café Wim?«

Johann fühlte sich ein wenig überrumpelt und zugleich angenehm überrascht. Kari Neubert hatte eine sehr sympathische Stimme, wie er fand, und dass sie gleich zum Du überging, kam ihm sehr gelegen. In diesem Moment fiel ihm auf, dass er gar nicht wusste, wie sie aussah: Wenn er sich mit ihr traf, wäre das sicherlich von Vorteil. Er googelte ihren Namen und fand heraus, dass Kari Neubert bei Instagramm und Facebook sehr aktiv war. Johann schluckte, sie sah überhaupt nicht so aus, wie er erwartet hatte. Kari Neubert wirkte ziemlich jung, sie war groß, schlank, hatte lange blonde Haare und war furchteinflößend attraktiv. Sie sah eher aus wie eine Schauspielerin. Wo war eigentlich dieses Café Wim? Die Suchmaschine spukte die Adresse aus. In Friedrichshain am Boxhagener Platz. War ja klar, dass sie sich in einer der hippen Gegenden der Hauptstadt treffen wollte. Was trug man eigentlich zu so einem Anlass? Wohl kaum Hemd und Krawatte. Aber bevor er sich Gedanken darüber machte, musste er erst mal einen Babysitter organisieren. Wer weiß, wie spät das werden würde, da konnte er die Kinder nicht alleine lassen. Außer Sofia fiel ihm niemand ein, der so spontan bereit sein würde.

14

FUßBALL UND GAZPACHO

Libes Tagebuch,
ich muss dir ährlich sagen, ich mach mir sorgn um Papa. Der
is ultranervös. Gestern abend hat er uns erzählt, dass er n voll
wichtign Termin hat und Oma Sofa abends auf uns aufpast.
Vielleicht hat er n Deyt. Jedenfals hatt er gestern noch n Hemd
gebügelt. Das tut er eigentlich nie. Hofentlich verliebt er sich
nich in die falsche. Ich werd sicherheitshalber mal beten, das
Gott macht, das die Frau immer pupsen mus oder so, wenns
die falsche is.

So und jetz hab ich noch ne voll krasse nachricht für dich:
Heute spieln wir gegen Hertha – also nich gegen die Hertha die
du denkst – nicht Hertha BSC sondern Hertha 03 Zelendorf.
Di sind aber auch nich übel. Die sind nämlich tabelenführer.
Mist jetzt bin ich auch navös. Hofentlich machen die uns nich
platt.

Wünsch mir glük.
Deine Carlotta

***

Herr Szymanski lächelt, als er die Abiturprüfungen austeilt. Johanns Finger schwitzten so stark, dass er sich nicht wundern würde, wenn gleich kleine Pfützen auf der Tischplatte entstehen würden. Er dreht das Papier um und spürt, wie ihm das Blut aus dem Gesicht sackt: Interpretieren Sie das Gedicht »Wonne der Einsamkeit« von Ludwig Tieck.

Sein Magen krampft sich zusammen, und für einen kurzen Moment hat er das Gefühl, sich übergeben zu müssen. In den letzten Wochen hatte er den Woitzek von Büchner so oft durchgekaut, bis er glaubte, jedes Satzzeichen auswendig zu können. Zur Sicherheit hatte er sich noch intensiv auf Mascha Kalékos ›Solo für Frauenstimmen‹ vorbereitet. Aber Ludwig Tieck?

»Wer zum Henker ist das?«, kommt es flüsternd von seinen Lippen.

»Stimmt was nicht?«, fragt Herr Szymanski.

»Sind Sie sich sicher, dass Sie die richtige Prüfungsfrage verteilt haben?«

Szymanski lacht und klopft ihm auf die Schulter. »Ich mag Ihren Humor.«

Johann fängt an zu würgen. Weiße Schnipsel fallen aus seinem Mund. Sein Magen krampft sich erneut zusammen und ein Strom von Papierfetzen ergießt sich auf die Tischplatte. Es sind geschredderte Romanfragmente.

Die Augen aller Anwesenden richten sich anklagend auf ihn.

»Papa!«, durchdrang eine vorwurfsvolle Stimme das peinliche Schweigen des Klassenzimmers.

»W-was?«, kam es murmelnd von seinen Lippen.

»Papa! Aufstehen!«

Er blinzelte. Verschwommen konnte er direkt vor seinen Augen ein dünnes Bein in ausgewaschener Schlafanzughose erkennen. Ein nackter Mädchenfuß mit Trauerrändern unter den viel zu langen Fußnägeln wippte auf und ab und bohrte sich fast in seine Nase.

»Was soll das, Lotti? Es ist mitten in der Nacht.«

»Nee, es ist schon nach sieben.«

»Das ist mitten in der Nacht. Wir haben Wochenende.« Er gähnte und rieb sich die Augen.

»Um acht Uhr ist Anpfiff, und der Trainer sagt, wir sollen eine halbe Stunde vorher da sein.«

»Was?!« Johann riss die Augen auf und blickte in die vorwurfsvollen Augen seiner Tochter. »Shit!« Er schleuderte die Decke beiseite und sprang auf. »Los, mach dir Frühstück, am besten Cornflakes, das geht am schnellsten, und pack deine Sachen. Wir müssen mit dem Rad fahren, das Auto ist in der Werkstatt. Es ist doch ein Heimspiel, oder? Bitte sag, dass es ein Heimspiel ist!«

»Na logo, letzte Woche waren wir doch in Rudow.«

»Los, los, was stehst du da noch rum? Deine Mannschaft braucht ihre Sechs.«

Carlotta kicherte und hüpfte zurück in ihr Zimmer.

Johann hastete ins Bad. Beim Zähneputzen fiel ihm ein, dass es ratsam wäre, die Zwillinge darüber zu informieren, dass sie auf Till aufpassen mussten. Wenn er das nicht tat, würden sie wahrscheinlich durchschlafen, bis er zurück war, und Till würde inzwischen alles Mögliche anstellen.

Er zog sich hastig an und schlüpfte in das Zimmer seiner älteren Tochter. Er wusste, dass er keine Chance hatte, Jakob um diese Zeit wach zu kriegen.

»Luisa?«

Keine Reaktion.

»Luisa!«

Ein unartikuliertes Grunzen ertönte.

»Luisa, wach auf.«

Seine Teenagertochter drehte sich auf die andere Seite.

»Sag mal, dieses neue Parfüm, war das eigentlich teuer?«

Unter wirren Haaren blinzelten ihn zwei misstrauische Augen an.

»Carlotta hat damit den ganzen Schuppen eingenebelt, um den Geruch nach toter Ratte zu vertreiben«, erklärte Johann.

»WAS?« Luisa saß kerzengerade in ihrem Bett.

»Kleiner Scherz. Aber bitte pass auf Till auf, ich bin mit Lotti zum Fußball!«

»Sehr witzig, Papa. Wirklich sehr witzig!«

Wenig später radelte Johann mit Carlotta durch die dunklen Straßen und beschimpfte sich innerlich selber, weil er seine Handschuhe vergessen hatte.

Sie kamen fünf Minuten zu spät, und die anderen Eltern warfen ihm vorwurfsvolle Blicke zu, als Carlotta verspätet in die Umkleidekabine eilte.

Johann nickte ihnen freundlich zu und machte sich auf die Suche nach einem heißen Kaffee. Er fand ihn in einem Kiosk, zwei Querstraßen weiter.

Als er zurückkam, war das Spiel bereits im Gange.

Nach seiner unmaßgeblichen Einschätzung hatte Carlottas Mannschaft keine Chance, die Jungs von Hertha 03 waren mindestens eine Klasse besser. Das motivierte die männlichen Elternteile dazu, dem Trainer mittels quer über den Platz gebrüllten taktischen Anweisungen hilfreich zur Seite zu stehen:

»Über Außen, verdammt noch mal, ihr müsst über die Außen spielen!«

»Jetzt lasst euch doch nicht auskontern!«

»Ja, gut so, setz den Körper ein. Fußball ist nichts für Weicheier!«

»Alleine, Niko, mach's alleine!«

»Gegenpressing! Ihr müsst pressen! Jetzt presst doch mal!«

Die Mütter verdrehten die Augen. Eine von ihnen sagte: »Das erinnert mich an die Geburt von Mia-Sophie.«

Einige kicherten. Dann senkten alle wieder die Blicke und starrten auf ihre Handys.

Zum Ende der ersten Halbzeit lag die Heim-Mannschaft mit 0:5 zurück.

Deprimiert schlurften die Kinder vom Platz, einige hatten Tränen in den Augen.

»Gut gespielt, Lotti!«, rief Johann aufmunternd, was ihm jedoch lediglich einen bitterbösen Blick seiner Tochter einbrachte. Der Trainer verbannte alle Eltern aus der Kabine. Johann bereute, dass er nicht seine Winterstiefel angezogen hatte. Linda hätte ihn mit Sicherheit daran erinnert. Sie war sein fester Anker im Alltag gewesen. Er sah sich um. Die Väter standen missmutig beieinander, die Mütter plauderten miteinander. Er beschloss, sich noch einen Kaffee zu holen.

Rechtzeitig zum Anpfiff war er wieder da. Die Heim-Mannschaft hatte Anstoß. Der Ball wurde zu Carlotta gespielt. Sie stoppte ihn und blickte sich um. Der gegnerische Stürmer sauste heran, doch Carlotta ließ sich nicht einschüchtern, sie täuschte einen Schuss vor, zog an dem Jungen vorbei und spielte einen sauberen Pass in die Spitze. Der Stürmer war alleine vor dem gegnerischen Tor. Vor Aufregung schoss er den herausstürmenden Torwart an. Der Ball flog zurück ins Mittelfeld. Lotti nahm den Ball volley, er flog mit Wucht in Richtung gegnerisches Tor. Aller Augen folgten ihm. Die Zeit schien sich zu verlangsamen. Der Ball erreichte seinen Scheitelpunkt und kam wieder in Richtung Boden. Der gegnerische Torhüter sprang, streckte sich, so weit er konnte, in Richtung des rechten oberen Torecks. Doch es war zu erkennen, dass er es nicht schaffen würde. Ein Elternteil jubelte bereits, dann krachte der Ball gegen das Lattenkreuz und prallte zurück ins Feld, wo ein gegnerischer Spieler ihn geschickt annahm.

Ein Seufzer der Enttäuschung ging durch die Reihen der Eltern, und die Stimmung wurde auch nicht besser, als Hertha 03 kurz darauf das 6:0 schoss.

Johann sah, dass Carlotta auf ihre Mitspieler einredete, die mit hängenden Köpfen dastanden. Er wusste nicht, was sie sagte, aber danach änderte sich etwas. Einige grinsten, und kurz darauf gab die ganze Mannschaft alles, um ihr Tor zu verteidigen. Sie sprinteten und grätschten, um die Ballvirtuosen aufzuhalten. Selbst der Stürmer verteidigte mit. Und so endete das Spiel schließlich durch einen unglücklichen Treffer in der letzten Minute 7:0.

Als sie kurz darauf gemeinsam nach Hause radelten, fragte Johann seine Tochter: »Was hast du gesagt?«

»Hä? Nix. Ich fahre Rad.«

»Nachdem Hertha das sechste Tor geschossen hatte, meine ich. Was hast du da zu deinen Mitspielern gesagt?«

»Ich hab gesagt, sie sollen nicht rumheulen wie die Mädchen. Das fanden sie lustig. Und dann habe ich gesagt, die erste Halbzeit ist gelaufen. Aber in dieser Halbzeit steht es erst 1:0. Das ist gegen einen Gegner wie Hertha nicht schlimm. Ab jetzt machen wir es besser. Wir lassen nicht zu, dass wir noch eine Klatsche kriegen.«

»Lotti«, sagte Johann. »Ich bin stolz auf dich. Das hast du richtig gut gemacht. Ich glaube, du wärst eine tolle Mannschaftskapitänin.«

»Lieber nicht«, erwiderte seine Tochter. »Dann muss ich immer diese doofen Sprüche am Ende des Spiels machen. Das ist total schräg.«

»Was für Sprüche?«

»›Wir bedanken uns beim Schiedsrichter und beim Gegner mit einem dreifachen Hip-Hip-Hurra.‹ Und dann zum Schluss: ›Uh! Ah! Cha-Cha-Cha, FCK ist wieder da!‹«

»Verstehe«, sagte Johann mitfühlend. »Das ist echt schräg.«

»Voll!«, bestätigte Carlotta.

Zu Hause folgte zehn Minuten angestrengte Diskussion, ehe Carlotta bereit war, sich zu duschen. Dann machte

Johann sich daran, das Chaos aufzuräumen, das seine beiden älteren Kinder hinterlassen hatten. Dabei fand er dann auch einen handgeschriebenen Zettel, der aufgrund der lässig hingeworfenen Buchstaben und speziellen Orthografie nur von seiner jüngsten Tochter stammen konnte:

»Heute must du ährlisch sein auch wenn du liber nich so ährlisch wärst. Vil spas!«

Johann schüttelte den Kopf. Irgendwann würde er das Thema ›Legasthenie‹ noch mal aufgreifen müssen, aber nicht heute. Heute würde er sich voll und ganz auf den nächsten wichtigen beruflichen Schritt konzentrieren. Und zu diesem Zweck hatte er gestern zum ersten Mal seit mehr als drei Jahren wieder sein Bügeleisen benutzt.

Als er etliche Stunden später das Café Wim betrat, fühlte er sich seltsam fehl am Platz. An den Tischen saßen lässig und zugleich elegant gekleidete Leute, die alle jünger, internationaler und souveräner wirkten als er selbst. Einige schienen privat hier zu sein, doch viele hatten sich zu Arbeitsessen zusammengefunden. Er sah iPads und MacBooks und die meisten Gespräche schienen auf Englisch geführt zu werden.

Eine Weile stand er orientierungslos in der Gegend herum und blickte sich suchend um.

Schließlich erhob sich eine junge Rothaarige in bauchfreiem Top und winkte ihm fröhlich zu.

Reflexartig winkte er zurück, nur um sich gleich darauf peinlich berührt umzusehen, in der Befürchtung, er sei gar nicht gemeint gewesen. Doch die junge Frau kam lächelnd auf ihn zu.

»Hallo, ich bin Kari.« Sie reichte ihm die Hand.

»Entschuldigung, ich habe ... dich nicht gleich erkannt. Du bist viel ... äh röter als auf deiner Webseite.«

Kari lachte. »Ich dachte, es wäre mal wieder an der Zeit für etwas Neues.« Sie führte ihn zu ihrem Tisch. »Hast du Hunger?«

»Ein wenig.«

»Such dir aus, was du willst«, sie zwinkerte ihm zu. »Die Produktionsfirma zahlt.«

Johann starrte auf die Speisekarte.

»Ich kann dir die Gazpacho empfehlen«, sagte sie nach einer Minute des Schweigens.

»Überredet«, Johann legte die Karte beiseite. Dann fügte er hinzu: »Was auch immer das ist.«

»Eine kühle Gemüsesuppe mit passierten Tomaten, viel Knoblauch und knackiger Gurke.«

»Klingt super«, log Johann.

Kari beugte sich vor, und ihm fiel auf, dass die Tische in diesem Café erstaunlich klein waren. Sie saßen sehr dicht beieinander. Er konnte ihr Parfüm riechen. »Weißt du, ich bin echt happy, dass Cinema-Productions mich für das Drehbuch engagiert hat. Als ich das Exposé gelesen habe, war ich sofort geflasht. Das ist deep, war mein erster Gedanke. Echt deep!«

»Freut mich«, erwiderte Johann lahm.

Der Kellner kam. Kari bestellte zweimal die Gazpacho nach Art des Hauses und zwei Negroni als Aperitif.

»Ehrlich, in deiner Story steckt unglaubliches Potenzial«, sagte Kari. »Da können wir etwas richtig Großes draus machen.«

»Klingt gut.« Johann krempelte die Ärmel seines Hemds hoch.

Täuschte er sich oder war es hier ungewöhnlich warm?

15

DAS POTENZIAL IM DUNKELN

Kari schob sich eine Locke hinters Ohr und lächelte. Winzige Grübchen bildeten sich auf ihren Wangen und ihre Augen glänzten.

Johann schluckte. Es war lange her, dass er mit so einer schönen Frau an einem Tisch gesessen hatte.

»Allein in deinem Romantitel ›Dunkelheit‹ steckt eine enorme metaphorische Kraft«, sagte sie. »Letztlich geht es um das Verborgene, das gesellschaftlich Unterbewusste, unsere dunklen Gedanken, verborgenen Sehnsüchte, uneingestandenen Triebe, die unter dem Deckmantel der Zivilisation unsere Handlungen bestimmen.«

Johann vermutete, dass sein Lächeln etwas angestrengt wirkte. Das, was sie beschrieb, hatte wenig mit seiner Intention zu tun. »Na ja, also eigentlich ...«, setzte er an, doch Kari ließ sich in ihrer Begeisterung nicht bremsen. »Ich sehe da so viele Möglichkeiten. Wir können Hochspannung mit schmerzhafter Selbstfindung und brisanten gesellschaftlichen Konfliktthemen in einer Story zusammenfügen. Das ist reichlich Material für eine ganze Serie.«

»Ich weiß nicht ...«

»Johann, ist dir denn gar nicht klar, dass dein Roman die beiden zentralen Stichworte aufgreift, um die sich gesellschaftlich alles dreht? Es geht um Identität und Diversität – die entscheidenden Schlüsselbegriffe auf individueller und gesellschaftlicher Ebene. Der Protagonist deines Romans, dieser Pfarrer, ist das Musterbeispiel einer in sich zerrissenen Persönlichkeit, die auf der Suche nach Identität ist.«

»Na ja, also eigentlich geht es ihm um Wahrheit.«

»Wahrheit? Was soll das sein?« Kari verdrehte spielerisch die Augen. »Wahrheit ist definitiv kein Begriff, mit dem wir arbeiten sollten.«

Der Kellner brachte die Getränke und sie stießen an.

»Weißt du, ich liebe es, dass du deine Leser und Leserinnen schocken willst.«

»Ach ...?« Johann war irritiert.

Sie schlug ihm spielerisch auf den Arm. »Mit der Religion greifst du ein kontroverses Thema auf, um zu provozieren. Das ist gut und das ist auch enorm wichtig. Wer erfolgreich sein will, muss provozieren. Aber das Thema ist, sagen wir mal, anachronistisch und für sich genommen unzureichend. Wir sollten es zuspitzen. Und ich sehe da eine ganz großartige Möglichkeit. Zwischen dem Pfarrer und seinem Schützling wächst im Laufe der Zeit eine tiefe Beziehung. Wie wäre es, wenn mehr dahinterstecken würde als nur eine Männerfreundschaft und die gemeinsame Suche nach religiösen Antworten?«

Johann sah sie an. Sie war begeistert von ihrer Idee. Und

während Kari sich weiter in Superlativen erging, führte er sich die Geschichte seines Debütromans vor Augen.

Der Protagonist seines Romans »Dunkelheit« war ein Pfarrer, der im kirchlichen Alltag, zerrieben zwischen verstaubten Traditionen, kleinlichem Gemeindegezänk und sozialem Engagement, nach und nach seinen Glauben verlor. Eines Abends stand plötzlich ein junger Mann vor seiner Tür und bat um Kirchenasyl. Es war der Sohn eines arabischen Diplomaten, ein Konvertit, der um sein Leben fürchten musste. Wie sich schon bald herausstellte, waren nicht nur seine Familie, sondern noch weit gefährlichere Leute hinter ihm her. Denn kurz vor seiner Flucht hatte der junge Mann etwas gesehen, was er auf keinen Fall sehen sollte. Wenig später bekam die Presse Wind von der Sache und kurz darauf verschwand der junge Mann aus dem Kirchenasyl. Der Pfarrer wusste offensichtlich etwas, aber er schwieg und wurde schon bald eines schrecklichen Verbrechens bezichtigt.

In diesem Roman ging es Johann vor allem um diese Frage: Wie konnte es sein, dass der christliche Glaube in unserer westlichen Welt so belanglos geworden war, dass er in der Geschäftigkeit unseres Alltags einfach verloren gehen konnte, während derselbe Glaube Menschen anderswo so wichtig wurde, dass sie bereit waren, ihr Leben dafür aufs Spiel zu setzen?

»Johann?« Kari winkte vor seinen Augen. »Hörst du mir überhaupt noch zu?«

»Wie? Ja, natürlich. Entschuldige.«

»Also, was meinst du?« Sie lächelte, aber ein Hauch von Ungeduld schwang in ihrer Stimme mit.

Der Kellner brachte die kalte Suppe und gab Johann damit ein wenig Zeit. Er kostete. »Schmeckt ... interessant.«

Kari runzelte die Stirn. »Meiner Erfahrung nach ist ›interessant‹ ein Euphemismus für ›furchtbar‹, wenn es um Essen geht.«

»Das würde ich so nicht sagen«, erwiderte Johann. »Aber tendenziell bin ich kulinarisch eher einfach gestrickt. Ich mag sogar Pizza Hawaii.«

Kari riss die Augen auf: »Ernsthaft?«

»Ja, tut mir leid.«

»Okay, nächstes Mal treffen wir uns an einer Currywurstbude.«

Johann lachte. »Gute Idee.«

»Wenn du jetzt sagst, dass du meine Ideen zur Romanverfilmung interessant findest, weiß ich, woran ich bin.« Sie sah ihn erwartungsvoll an.

»Du sprichst wichtige Themen an«, sagte er. »Und es freut mich, dass du so viel Potenzial in meiner Geschichte siehst ...« Er verstummte. Aus irgendeinem Grund fiel ihm die Nachricht ein, die Carlotta ihm geschrieben hatte: *Heute must du ährlisch sein auch wenn du liber nich so ährlisch wärst. Vil spas!*

Wenn es nur so einfach wäre!, fuhr es ihm durch den Kopf.

»Aber?«, bohrte Kari nach.

»Aber ich bin mir nicht sicher, ob wir die Geschichte mit diesen Themen nicht überfrachten.«

Kari schürzte die Lippen. »Diese Sorge habe ich nicht.«

»Okay ...«, Johann nickte. »Aber ... ich glaube, ich muss das erst mal sacken lassen.«

»Verstehe«, Karis Lächeln wirkte bemüht. »Allerdings haben wir nicht viel Zeit. Die Produktionsfirma wird ihr Finanzierungsangebot nicht ewig offenhalten.«

»Natürlich ...« Johanns Handy verkündete das Eintreffen einer Nachricht. »Entschuldigung.« Zunächst sah er, dass sein Bankberater ihm eine Sprachnachricht hinterlassen hatte. Er seufzte innerlich. Dann las er, dass Sofia geschrieben hatte:

Tut mir leid, dass ich störe. Aber Till ist ziemlich angeschlagen. Er hat sich übergeben. Den anderen scheint es noch gutzugehen, aber du musst dich darauf einstellen, morgen ein krankes Kind zu versorgen.

»Schlechte Nachrichten?«, fragte Kari.

»Mein Sohn ist krank.«

»Tut mir leid.«

»Ich muss nach Hause.«

»Natürlich.«

Er stand auf. Sie reichte ihm die Hand. »Lass mich bis Ende nächster Woche wissen, ob unter dem nächsten deutschen Netflix-Erfolg dein Name stehen soll oder nicht.«

»Nur keinen Druck«, erwiderte er.

Sie lächelte. »Gute Besserung für deinen Sohn.«

»Danke.«

Nervös, besorgt und zugleich auf seltsame Art und Weise euphorisiert machte sich Johann auf den Heimweg.

16

DER TRAUM

Leise schloss Johann die Tür auf. Sofia hatte ihn offenbar dennoch gehört, denn sie kam ihm entgegen, als er in den Flur trat. »Nanu, was machst du denn schon hier?«

»Ich kann dich doch mit dem kranken Jungen nicht alleine lassen.«

»Ach, natürlich kannst du das. Ich wollte dich nur vorwarnen, damit du für morgen gegebenenfalls umdisponieren kannst. Du hättest ruhig noch bleiben können.«

»Ach, das passt schon«, erwiderte Johann, während er Schuhe und Mantel auszog.

»Das klingt nicht so begeistert, wie ich erhofft hatte. Haben sie das Angebot zurückgezogen?«

»Nein, ganz im Gegenteil. Sie planen sogar, eine Serie zu drehen.«

Sie gingen in die Wohnküche.

»Für mich hört sich das eigentlich nach einer guten Nachricht an.«

»Ist es ja auch.«

»Aber?«

Johann seufzte. »Ich weiß auch nicht ... Vielleicht bin ich zu kompliziert.« Er goss sich ein Glas Wasser ein.

Sofia lächelte. »Vor 18 Jahren bist du mit meiner Linda zusammengekommen. Ich glaube, mittlerweile kenne ich dich ziemlich gut. Du hast eine Menge Eigenschaften, aber kompliziert bist du wirklich nicht.«

»Ich bin nicht sicher, ob ich das als Kompliment auffassen soll.«

»Fass es auf, wie du willst. Es ist lediglich eine Feststellung. Also, wenn dieses Angebot dich nicht begeistert, dann hast du einen guten Grund dafür. Und wenn du darüber reden willst«, sie lächelte, »ich bin da.«

»Danke, du warst schon mehr für uns da, als ich je erwarten könnte.« Johann stellte das leere Glas in die Spüle. »Carlotta und die Großen sind im Bett?«

Sofia nickte.

»Und wie geht es dem Kleinen?«

»Ich bin nicht klein!«, kam es empört aus Tills Zimmer.

»Tja, das musst du jetzt wohl geraderücken.« Sofia zwinkerte ihm zu.

»Danke für deine Hilfe.« Johann umarmte seine Schwiegermutter. Sie verabschiedete sich von Till und ließ die beiden alleine.

Till wirkte putzmunter. Das Fieber und die Übelkeit schienen nachgelassen zu haben.

»Und, warst du ehrlich?«, fragte Till.

Johann schmunzelte. »Ich habe mir Mühe gegeben.«

»Gut. Es ist nämlich echt voll wichtig, dass du ehrlich bist.«

Johann wuschelte ihm durchs Haar. »Wie geht's dir, Großer?«

»Hä? Erst bin ich klein und jetzt auf einmal groß? Papa, immer musst du übertreiben. Ich bin mittel.«

»Okay, Mittlerer, wie geht's dir?«

»Na ja, also ... erst hab ich aufs Kissen gekotzt und dann in meine Hausschuhe. Dann ging's etwas besser, aber dann kam es unten raus. Zum Glück war ich schon im Bad, weil Oma Sofa mir beim Waschen geholfen hat. Deshalb hab ich es noch aufs Klo geschafft. Papa!« Er machte große Augen. »So hab ich noch nie groß gemacht. Das kam raus wie ...«

»Schon gut, Till, so genau musst du es nicht beschreiben. Ich hatte auch schon mal Durchfall.«

»Wirklich?«, fragte Till überrascht.

»Wirklich.«

»Und war das bei dir auch wie ...?«

»Ja.«

»Krass.«

Tills Wangen hatten sich gerötet. Johann legte seine Hand auf die Stirn seines Sohns. Die Haut war warm, aber war sie wärmer als normal? Es fiel ihm schwer, das einzuschätzen. »Ich glaube, du bekommst wieder Fieber. Es ist wohl besser, wenn ich dir sicherheitshalber eine Tablette ...«

»Nee, brauchste nicht«, unterbrach ihn Till. »Dann kann ich nicht so gut träumen.«

»Wie bitte?«

»Ich hatte heute voll die ultrakrassen Träume. Oma sagt, das kommt vom Fieber.«

»Aha. Was für Träume waren das denn?«

»Also, pass auf, das war so.« Till setzte sich aufrecht hin. »Wir sind in 'nem Einkaufscenter gewesen, so ähnlich wie das in der Stadt ...«

»Wer ist wir?«

»Mama, du und ich.«

Johann nickte. Die widersprüchlichsten Gefühle kamen in ihm auf. Es fühlte sich befremdlich an, dass Till so unbefangen und selbstverständlich von Linda erzählte. War da gar keine Schwermut, keine Traurigkeit? Irgendwie schien ihm das nicht richtig zu sein. Auf der anderen Seite beneidete er den Jungen um diese Traumbegegnung. Wie viel würde er dafür geben, Linda im Traum begegnen zu dürfen. Aber sie hatte sich nicht nur aus seinem Alltag davongestohlen, auch seinen Träumen blieb sie fern.

»Und dann sind wir eine Treppe hochgelaufen, so eine mit ganz schicken weißen Stufen aus Mammon«, fuhr Till fort.

»Marmor«, korrigierte Johann.

»Ist doch egal«, meinte Till. »Jedenfalls sind wir die hochgegangen. Aber irgendwas war seltsam, denn wir kamen einfach nicht an. Ich wollte in die Spielzeugabteilung, Mama zu den Kinderklamotten und du wolltest ein Buch zum Rescharnieren.«

»Recherchieren.«

»Sag ich doch. Jedenfalls kamen wir einfach nicht an. Stattdessen sind wir die Stufen hochgelatscht – stundenlang. Wir sind gestiegen und gestiegen, doch die Treppe hörte nicht auf. Es war beinahe so, als hätte die gelebt. Die hat sich mal nach rechts gedreht und mal nach links. Manchmal war sie ganz steil und manchmal voll flach. Die ist sogar manchmal abgesackt. Aber du hast im Traum immer gesagt: *Keine Angst, es ist alles in Ordnung. Wir sind gleich da. Alles ist gut.* Mama und ich haben uns nur angeguckt, wir wussten, dass das nicht stimmt, und du wusstest es eigentlich auch, du wolltest es nur nicht zugeben.«

»Interessant«, sagte Johann. Beinahe fühlte er sich verletzt, weil er im Traum seines Sohns nicht besonders gut wegkam.

»Und auf einmal gab es ein lautes Geräusch«, fuhr Till fort. »Und die ganze Treppe hat gezittert. Das war wie bei so einem Erdbeben. Nur dass da ja gar keine Erde war, sondern nur eine Treppe. Es war also ein Treppenbeben.«

»Ein Treppenbeben?«

»Ja.« Till nickte ernst. »Und dann hat es so ganz fies geknackt und geknirscht. So, als wenn man aus Versehen auf eine fette Schnecke tritt.«

»Danke für dieses anschauliche Beispiel.«

Till ging nicht darauf ein. Seine Hand umklammerte Johanns Arm. »Und weißt du was dann passiert ist?«, fragte er mit großen Augen.

Johann schüttelte den Kopf.

»Was Schreckliches. Die Treppe knackte und knirschte, und dann waren da plötzlich überall schwarze Schlangen, und es sah aus, als würden sie den weißen Mammon auffressen.«

»Schlangen?«

»Ja, so sah das aus. Aber es waren gar keine echten Schlangen, sondern nur Dunkelheit. Mama wurde ganz blass und ich war vor Angst wie versteinert. Aber du hast immer gesagt: *Da ist nichts. Das ist ganz normal. Ihr braucht keine Angst haben. Alles wird gut.*

Papa, die Treppe geht kaputt!, hab ich gebrüllt, aber du hast nur gesagt: *Alles gut, Till. Mach dir keine Sorgen!* Und dann ...«, Tills Augen schienen noch größer zu werden. »... dann ist es passiert! Mama ging direkt vor mir. Sie hob den Fuß, um auf die nächste Stufe zu steigen, aber diese Stufe war plötzlich weg. Mama sah zu dir, aber du gingst vor ihr und bekamst das gar nicht mit. Dann sah sie zu mir, und im selben Moment brach auch die Stufe, auf der sie stand, ab und sie stürzte nach unten.«

»Till, das tut mir so leid. Das ist ja ein schrecklicher Traum.«

»Ist noch nicht vorbei«, erwiderte der Junge ernst. »Dann knackte es nämlich direkt unter mir. Ich hab nach unten geschaut und sah die fetten schwarzen Schlangen, die alles auffraßen. *Papa!*, hab ich gerufen. Aber du hast dich an die Stufen vor dir geklammert und die ganze Zeit gemurmelt: *Ist nicht so schlimm. Es wird alles gut.*

Und dann hat es laut *krach* gemacht und die Stufe unter mir war weg. Und ich bin, schwupp, nach unten gesaust, in die Tiefe.«

Johann starrte seinen Sohn an. Till erzählte das alles mit einer ungeheuren Ernsthaftigkeit, aber ohne Schaudern oder Furcht, so, als würde er nicht von einem gruseligen Albtraum berichten, sondern von etwas, das er selbst erlebt hatte und das ihm erstaunlicherweise keine Angst machte.

»Es war komisch, nach unten zu fallen, Papa. Zuerst hatte ich total Schiss. Ich hab mit Armen und Beinen gezappelt, hab die Arme ausgebreitet. Aber das hat natürlich gar nichts genützt, und ich hab kapiert: Wenn ich falle, falle ich. Da kann ich nichts machen. *Hoffentlich tut's nichts so weh, wenn ich unten aufkomme,* hab ich noch gedacht, und dann auf einmal wurde ich ganz sanft aufgefangen. Das war ...«, er schüttelte den Kopf. »Das war voll komisch und voll schön. Ich hatte ein Kribbeln im Bauch, wie bei der Wasserrutsche im Heidepark. Ich konnte nicht sehen, wer mich aufgefangen hat. Die Hand war nämlich viel zu groß ... oder unsichtbar«, Till zog die Stirn in Falten, »oder beides. Auf jeden Fall hab ich mich noch nie so sicher gefühlt wie in diesem Moment. Noch nie in einem Traum und noch nie in echt. Und dann habe ich auch Mama gesehen. Sie war ganz glücklich und hat gelacht.«

Johann spürte einen Kloß im Hals. »Und ich?«

»Du warst ganz weit weg. Das war ein bisschen komisch. Denn ich hab dich unter mir gesehen und nicht über mir – obwohl ich ja eigentlich nach unten gefallen bin. Auf jeden Fall hast du dich immer noch an den weißen Stufen festgeklammert, mit aller Kraft. Ich hab dich gerufen und hab gesagt: *Papa! Du musst loslassen. Wenn du dich festklammerst, kannst du nicht aufgefangen werden.* Aber ich glaube, du hast mich nicht gehört.« Till zuckte mit den Achseln. »Und dann bin ich aufgewacht.«

Johann sah seinen Sohn an. Tills vertraute Gesichtszüge verschwammen vor seinen Augen. *Lass los,* hallte es unendlich leise in seinem Inneren wider. *Lass los!* Die Stimme war

so leise, dass sie auch bloß eine Einbildung hätte sein können. Aber Johann wusste, dass es nicht so war. Ein leises
Kribbeln durchzog seinen Bauch.

»Papa?«, unterbrach Tills Stimme seine Gedanken.

»Ja?«, Johann wischte sich hastig die Tränen aus dem
Gesicht.

»Ich glaub, ich muss noch mal kotzen.«

17

MEHR ALS GELDVERDIENEN

Libes Tagebuch,
meine familie spint.
    Jakob will immer nur chillen. Das is nich normal. Der liegt
nur rum und glotzt auf sein handy. Früher hat er noch mit mir
Fusball gespielt, aber das machter auch nich mer. Der wird mal
ein dicker alter Opa mit ner riesenbrille auf der Nase, weil der
immer nur rumhängt.
    Luisa denkt immer sie is zu dick. Dabei is die so dünn wie n
Spageti.
    Und Till – na ja, Till is Till. Da brauch ich dir wohl nichts
weiter schreiben.
    Und dann is da noch der Papa. Ich glaub dem gets garnich
gut. Der tut immer so als wär alles super und als hätt er alles
unter Kontrolle. Hat er aber nich. Is auch garnich schlimm. Er
is ja nich Gott. Aber irgendwi schnallt er das nich.
    Und weist du was ich glaube? Ich glaub seitdem Mama tot
is, kann er nich mer wirklich glauben, dass Gott gut ist. Aber
ich glaub da verwechselt er was. Er glaubt das was passiert
is, genauso wie Gott is. Aber das is Kwatsch. Sonst wärn ja

auch Jesus nich so schlimme Sachen pasiert. Schlimme Sachen
pasiern. Manschmal macht Gott was dagegen aber manschmal
auch nich.

Ich kapier das ja auch nich so richtich, aber ich glaube der
Trick von Gott is, dass das schlimme nie das letzte ist, was
passiert. Das is wie beim Fusball: Du denkst du liegst zurück,
die letzte Minute läuft ab. Das spiel is so gut wie vorbei und
alles is doof. Aber dann komt die nachspielzeit und dann fällt
doch noch das Tor und alles is wieder gut.

Tropsdem bin ich manschmal traurich, weil das spiel is ja
noch nicht vorbei. Manschmal vermiss ich Mama ganz doll,
obwol ich noch so klein war als sie gestorbn is. Und wenn ich
selber manschmal traurich bin, wie soll ich so was komplizirtes
dann dem papa erklärn?

Weißte auch nich, stümmts?

Deine Lotta

Johann war die halbe Nacht zwischen Tills Zimmer und der
Toilette unterwegs. Irgendwann hatte er es dann ins eigene
Bett geschafft. Als der Wecker klingelte, hatte er das Gefühl,
zwei fiese Zwerge würden auf seinem Schädel sitzen und
mit ihren Hämmern abwechselnd seine Schläfen bearbeiten.
Er taumelte ins Bad. Ein Typ mit wirren Haaren und Augen-
ringen, die aussahen wie zwei halbmondförmige Blutegel,
starrte ihm aus dem Spiegel entgegen.

Er ließ sich aufs Klo plumpsen und schreckte irgendwann
hoch, als jemand energisch gegen die Tür hämmerte. »Dauert das noch lange?«, erklang die genervte Stimme seiner
älteren Tochter.

Johann beschloss, später in Ruhe zu duschen.

Schließlich saß er mit Luisa, Jakob und Carlotta am Frühstückstisch. Seine älteste Tochter trug diesmal ein weites T-Shirt und Jakob hatte immerhin die Jogginghose gegen eine Jeans getauscht. Carlotta trug ihr fast sauberes Lieblingstrikot. Soweit war alles im grünen Bereich.

»Papa?«, fragte Jakob.

Aufgeschreckt blickte Johann auf. Sein Ältester äußerte sich um diese Uhrzeit im Regelfall nur in Notfällen verbal.

»Ja?«

»Woher wusstest du, dass du Schriftsteller werden wirst?«

»Wie meinst du das?«

»Na, als du zum Beispiel so alt warst wie ich. Wusstest du da schon, dass du einmal Bücher schreiben wirst?«

»Nein, ich glaube nicht. Warum?«

»Mann, Papa, ist doch klar«, mischte sich Luisa ein. »Irgendjemand hat Jakob erzählt, dass Youtube-Filme-Gucken gar kein Beruf ist, und nun bekommt er Panik, weil er keine Ahnung hat, was er später mal machen soll.«

»Sehr witzig!«, giftete Jakob. Aber seine sich rötenden Wangen zeigten an, dass seine Schwester mit ihrer Mutmaßung von der Wahrheit nicht allzu weit entfernt war.

»Werd' doch Fußballer«, schlug Carlotta vor.

Jakob schüttelte den Kopf. »Schon gut, vergesst es einfach.«

»Nein, warte«, sagte Johann. »Du hast eine gute Frage gestellt. Ich würde sie gerne beantworten. Ich glaube, jeder von uns hat das Bedürfnis, etwas Sinnvolles zu tun. Wir sind nicht für die Hängematte geschaffen. Auf Dauer macht es uns nicht zufrieden, nur zu konsumieren.«

»Kapier ich nicht«, meldete sich Carlotta zu Wort.

»Es geht nicht nur ums Geldverdienen. Arbeit ist mehr als das. Wenn wir genug Geld hätten und uns alles kaufen könnten, was wir wollten, würden wir uns irgendwann innerlich leer fühlen. Es macht uns nicht wirklich glücklich, wenn wir uns nur um uns selbst drehen. Wir sind dazu geschaffen, etwas für andere zu machen. Etwas zu bewirken, das schön ist oder hilfreich oder gut. Das gehört zu dem, was in uns hineingelegt ist.«

»Klingt ja alles ganz prima. Aber ich wüsste nicht, was ich bewirken sollte. Ich kann nichts«, erwiderte Jakob.

»Das sehe ich anders«, erwiderte Johann lächelnd. »Aber wichtig ist natürlich, dass du es selbst entdeckst. Es gibt gute Internetportale, die dabei helfen, die eigenen Interessen und Fähigkeiten herauszubekommen.«

Jakob sah ihn an. »Wusstest du über ein Internetportal, dass du Schriftsteller werden willst?«

Johann lächelte und schüttelte den Kopf.

»Woher wusstest du es dann?«, bohrte Jakob nach.

»Ich habe schon immer Geschichten geliebt. Seit ich lesen konnte, habe ich Buch um Buch verschlungen, bin innerlich auf Reisen gegangen und in fremde Welten abgetaucht. Und irgendwann habe ich angefangen, selbst Geschichten zu erfinden, weil sie in mir drinsteckten und einfach rauswollten. Es war so, als würde sich etwas in mir selbstständig machen, als wollten die Orte, die es nur in meiner Fantasie gab, gesehen werden – und als wollten die Personen, die nur in meinem Kopf existierten, vor den inneren Augen anderer lebendig werden. Ich habe gelauscht, wie die Figuren in meinem Kopf sich unterhielten, wie sie lachten, stritten, den tiefen Fragen ihres Lebens nachgingen und sich liebten. Und dann fing ich einfach an, es aufzuschreiben. Tja, und irgendwann war mir dann klar, dass ich das zu meinem Beruf machen wollte.«

»Klingt cool«, erwiderte Jakob nachdenklich. »Leider habe ich keine Welten in mir, die gesehen werden wollen.«

»Vielleicht nicht ...«, Johann lächelte. »Vielleicht aber doch. Entscheidend ist, dass du das, was du tust, mit ganzem Herzen tust, dass du dabei du selbst sein kannst, dich nicht verstellen musst, und dass du bereit bist, dafür auch Durststrecken zu ertragen und Schwierigkeiten auf dich zu nehmen. Entscheidend ist, dass du eine Arbeit machst, für die es sich lohnt, jeden Morgen aufzustehen.«

»Klingt ganz schön krass«, bemerkte Carlotta.

»Für die es sich lohnt, *morgens aufzustehen*«, wiederholte Luisa. »Tja, ich würde sagen, damit ist diese ganze Sache mit der Arbeit für Jakob vom Tisch.«

Wider Erwarten reagierte Jakob nicht auf die Sticheleien seiner Zwillingsschwester, stattdessen starrte er nachdenklich ins Nichts, bevor er sich seinem Vater wieder zuwandte: »Ist das denn immer noch so bei dir?«, fragte Jakob. »Bist du immer du selbst beim Schreiben und mit ganzem Herzen dabei? Hast du immer noch das Gefühl, etwas Sinnvolles zu tun, etwas, für das es sich lohnt, morgens aufzustehen?«

Johann öffnete den Mund, doch die Worte wollten ihm nicht über die Lippen kommen. Stattdessen warf er einen

Blick auf die Uhr. »Oh Mist, ist das spät! Ihr müsst jetzt los!«

»Shit!« Luisa sprang auf. »Warum sagst du das erst jetzt?« Die drei brachen hastig auf.

Während Johann Müslireste und angebissenes Toastbrot im Mülleimer entsorgte, spukte Jakobs Frage in seinem Kopf herum. War er noch mit ganzem Herzen dabei? War das Schreiben immer noch seine Berufung? Wann hatte er sich das letzte Mal absolut authentisch gefühlt? Wann war er das letzte Mal beschwingt von seinem Schreibtisch aufgestanden, glücklich mit dem, was er an diesem Tag geschafft hatte?

Johann seufzte. Er konnte sich nicht mehr daran erinnern. Es war zu lange her.

Johann stand auf und räumte das schmutzige Geschirr in den Geschirrspüler. Plötzlich hielt er inne. *Doch,* schoss es ihm durch den Kopf. Er hatte genau eine solche Situation erlebt, und sie war noch gar nicht lange her. Allerdings war es nicht die Arbeit an seinem Roman gewesen. Ein seltsames Kribbeln durchfuhr ihn.

Doch ehe er der Sache genauer auf den Grund gehen konnte, erklang die Stimme seines Sohns. »Papa! Papaaaa!«

»Ja, Till, was gibt es denn?« Er öffnete die Tür zum Kinderzimmer.

Till grinste ihm entgegen. »Ich hab Hunger!«

18

DiE TREPPE

Johann sah auf die Uhr. Es war zwanzig nach acht. Mittlerweile war es über eine halbe Stunde her, seit Till wutentbrannt die Küche verlassen hatte. Johann seufzte und ging in das Zimmer seines Sohns. Alles wirkte verlassen, aber aus südöstlicher Richtung war ein leises Rappeln zu vernehmen. Johann klopfte an die Schranktür. »Till?«

Schweigen.

»Till, bist du dadrin?«

»Sag ich nicht!«

Johann öffnete die Tür. Sein Sohn saß im Schneidersitz auf dem Schrankboden, hatte die Arme vor der Brust verschränkt und starrte auf seine Socken.

»Was machst du da?«, fragte Johann.

»Ich sitze!«

»Das sehe ich, aber warum sitzt du im Schrank?«

»Sag ich nicht!«

»Till, jetzt komm raus!«

Till verschränkte die Arme noch fester und presste die Lippen zusammen. »Geht nicht!«

Johann hob die Brauen. »Aha, und warum nicht?«

»Bin zu schwach.«

»Tatsächlich?«

Till nickte ernst. »Ich verhungere.«

Johann hockte sich vor ihm hin. »Das ist schlimm. Wir müssen etwas dagegen unternehmen.«

Till schielte zu ihm hinüber. Ein Hoffnungsschimmer glomm in seinen Augen auf.

Johann streckte ihm die Hand entgegen. »Komm, ich hab dir Bananentoast gemacht.«

»Bananentoast?«, stieß Till empört hervor. »Bananentoast hilft nicht!«

»Du willst mir also sagen, dass Schokocreme deine einzige Chance ist, dem Hungertod zu entkommen?«

Till nickte. »Ja! Schokocreme hilft!«

»Till, du kannst keine Schokocreme essen.«

»Doch, kann ich!«

»Nicht, nachdem du Durchfall hattest und dich die halbe Nacht erbrochen hast.«

»Aber jetzt nicht mehr!«

»Ja, weil du komplett entleert bist.«

»Genau, mein Bauch ist total leer. Deshalb brauch ich Schokocreme.«

Johann seufzte. Gegen Till-Logik anzukommen war ein hartes Brot. »Ich hab es dir doch schon erklärt. Schokocreme ist zu fettig. Dir wird sofort wieder schlecht werden.«

»Nee, diesmal nicht, versprochen!«, erwiderte Till treuherzig.

»Du magst Bananentoast nicht, stimmts?«

Till nickte. »Bananentoast schmeckt wie Schnecken-schleim.«

»Schneckenschleim?« Johann schnaubte entrüstet. »Also ich habe als Kind Bananentoast geliebt.«

Till warf ihm einen Blick zu, in dem sich Entsetzen, Ekel und Mitleid die Waage hielten.

»Also gut. Ich kann dir auch Haferflocken mit Honig machen.«

Till runzelte die Stirn, dann nickte er schließlich wider-willig. »Na gut.« Er erhob sich umständlich und griff nach Johanns ausgestreckter Hand.

»Aber ohne Milch. Nur mit Wasser«, sagte Johann.

Till zog hastig die Hand zurück und ließ sich wieder in den Schrank plumpsen.

Johann verspürte ein seltsames Zucken am rechten Augenlid und beschloss, dass die Reduzierung exorbitant gesteigerter körpereigener Stresshormone durchaus ein Gut war, das man gegenüber pädagogischer Konsequenz in die Waagschale werfen durfte. »Okay ... Haferflocken mit ein bisschen Milch. Deal?«

Till grinste. »Deal!«

Johann verdünnte die Milch zur Hälfte mit Wasser und hoffte, dass Tills Magen sich als ausreichend robust erwies.

Dem fröhlichen Summen seines Sohns nach zu urteilen, schien das der Fall zu sein. »Wer war heute eigentlich mit dem Kalender dran?«, erkundigte Till sich.

»Oh, Mist! Ich glaube, das haben wir vergessen. Dann musst du das übernehmen.«

Till schüttelte den Kopf. »Geht nicht. Ich bin krank.«

»Ach, jetzt auf einmal?«

»Nee, seit gestern. Du musst das machen, Papa.«

»Ach, muss ich?«

»Klar. Ist ja sonst keiner mehr da. Hier …« Er zog einen Zettel aus dem Kalendertopf und reichte ihn seinem Vater mit gönnerhaftem Lächeln.

Johann seufzte und las: »Du musst genau zuhören, wenn du eigentlich gar kein Bock darauf hast.«

Till schaute ihn mit listigem Grinsen an: »Ich muss dringend Schokocreme essen, weil sonst verhungere ich leider.«

Johann schüttelte den Kopf. »Vergiss es!«

»Manno.«

»Ich rufe jetzt in der Schule an und melde dich für heute krank.«

Till brummte irgendetwas und verschränkte die Arme vor der Brust.

Eine halbe Stunde später spielte er jedoch friedlich in seinem Zimmer und Johann saß am Schreibtisch. Er starrte auf die ersten drei Sätze seines neu angefangenen Kapitels. In seinem Kopf rumorte es. Die Geschichte versank im Wirbel seiner Gedanken. Immer wieder drängte sich Tills wilder Fiebertraum in den Vordergrund, und zwar so lebendig und eindrücklich, als hätte Johann ihn selbst geträumt und wäre gerade erst erwacht. Die endlose Treppe, die Till geschildert hatte, schob sich vor sein inneres Auge. Er sah sie weiß glänzend, aufdringlich und irgendwie beklemmend.

Sein Blick fiel auf den Zettel, den Till aus dem Kalenderglas gezogen hatte: *Du musst genau zuhören, wenn du eigentlich gar kein Bock darauf hast.*

Ich muss raus hier!, schoss es ihm durch den Sinn. Fast ohne es zu merken, sprang er auf.

Er war schon an der Tür, als er Till zurief: »Ich geh kurz spazieren. Bin gleich wieder da.«

»Null Problemo«, rief Till zurück.

Johann trat hinaus auf die Straße und schlug irgendeine Richtung ein, ohne nachzudenken. Er nahm kaum wahr, was um ihn herum geschah, so präsent wurden die inneren Bilder. Eine weiße Marmortreppe, glatt geschliffen und glänzend, eine Treppe, die sich ständig veränderte, mal aufwärts verlief und mal abwärts.

Johann fragte sich, was sie bedeuten mochte. War sie ein Symbol des Lebens? Es wäre kein unpassendes Bild. Zumal der Moment kam, in dem sie schwer erschüttert wurde und schwarze Risse sich in den weißen Marmor fraßen.

Johann schluckte. Lindas Krebsdiagnose war eine solche Erschütterung gewesen. Sie hatte ihn bis ins Mark getroffen, zutiefst verunsichert und verängstigt. Aber er hatte sich gesagt: Du musst stark sein, du musst stark sein, für Linda und die Kinder. Eine Gänsehaut überlief ihn, als er an Tills Worte dachte: *Du hast im Traum immer gesagt: Keine Angst, es ist alles in Ordnung. Wir sind gleich da. Alles ist gut. Mama und ich haben uns nur angeguckt, wir wussten, dass das nicht stimmt, und du wusstest es eigentlich auch, du wolltest es nur nicht zugeben.*

Die Worte seines Sohns taten weh. Sie gaben vielleicht nicht wortwörtlich wieder, was er damals gesagt hatte, aber sie trafen die Intention und Stimmungslage mit einer erschütternden Präzision. Schon manches Mal hatte er sich gefragt, ob Till, dieser freundliche, leicht übergewichtige Junge mit einem Chromosom zu viel, mit seinen Schulschwierigkeiten, seinem unendlichen Appetit auf Süßes und mit seinem Hang, sich gelegentlich schmollend im Schrank zu verkriechen, nicht eine ganz besondere Gabe hatte. Manchmal fragte er sich, ob Till dem Himmelreich auf irgendeine unerklärliche Weise näher war als andere Menschen, und ob er Dinge wahrnehmen konnte, die sonst niemand sah.

Etwas in ihm wollte widersprechen. *Es raunte: So ein Unsinn! Das ist nur ein Traum! Der Fiebertraum eines Kindes.* Doch diese Stimme wurde einfach überrollt von der Wucht der Bilder: Stufen aus Marmor, fest und scheinbar unerschütterlich. So wirkte es, wenn er von Stufe zu Stufe blickte, doch wenn er seinen Blick hob oder sich umwandte, bemerkte er, dass die Treppe sich veränderte. Mal ging es steil aufwärts, dann flachte sie ab und schließlich ging es sogar bergab. Langsam, aber doch merklich bewegte sich die Treppe, wie ein lebendiges Wesen. Und dann erzitterte sie, bekam tiefe schwarze Risse. Johann sah sich weiter die Stufen erklimmen. Mit aller Macht klammerte er sich an eine Treppe, die nicht hielt, und dennoch das Einzige war, das Halt zu geben schien. Er war so sehr damit beschäftigt, den Halt nicht zu verlieren, dass er dabei die Menschen aus den Augen verlor, die er mehr als alles liebte. Tills Worte hallten in ihm wider und trieben ihm die Tränen in die Augen.

Dann ist es passiert! Mama ging direkt vor mir. Sie hob den Fuß, um auf die nächste Stufe zu steigen, aber diese Stufe war plötzlich weg. Sie sah zu dir, aber du gingst vor ihr und bekamst das gar nicht mit. Dann sah sie zu mir, und im selben Moment brach die Stufe, auf der sie stand, auch ab und sie stürzte nach unten.

Linda war abgestürzt. Das konnte eigentlich nur ein Bild für ihren Tod sein.

Wieder hörte er Tills Stimme in seiner Erinnerung: *Dann knackte es nämlich direkt unter mir. Ich hab nach unten geschaut und sah die fetten schwarzen Schlangen, die alles auf- fraßen. ›Papa!‹, hab ich gerufen. Aber du hast dich an die Stufen vor dir geklammert und die ganze Zeit gemurmelt: Ist nicht so schlimm. Es wird alles gut.*

Und dann hat es laut ›krach‹ gemacht und die Stufe unter mir war weg. Und ich bin – schwupps – nach unten gesaust, in die Tiefe.

Das ist doch vollkommen absurd, meldete sich die Stimme in ihm zu Wort, die schon die ganze Zeit über versuchte, gegen die Wucht dieser Vision anzukämpfen. *Till ist nicht gestorben. Das ganze Bild ergibt überhaupt keinen Sinn. Es ist nur ein Traum.*

Wer sagt denn, dass die Treppe ein Bild des irdischen Lebens ist?, meldete sich plötzlich eine andere Stimme in ihm zu Wort. *Vielleicht ist sie etwas viel Simpleres, Zerbrechlicheres. Vielleicht ist sie einfach nur deine Sicht auf das Leben? Könnte es nicht sein, dass du über den Fluss des Lebens mit seinen unerwarteten Windungen, Strömungen, unergründlichen Tie- fen und schäumenden Höhen ein eingebildetes Konstrukt gebaut hast? Eine marmorne Treppe, stabil, vorhersehbar und dazu bestimmt, dich immer weiter aufwärtszuführen? Könnte es nicht sein, dass du dich, angesichts der existenziellen Bedrohung durch*

Lindas Krankheit, nicht an das Leben, sondern an deine Vorstellung vom Leben geklammert hast, eine Vorstellung, die unmöglich halten konnte, weil sie Ausdruck deiner eigenen unrealistischen Wünsche und Erwartungen an das Leben war?

Könnte es sein, dass diese Treppe zusammenbrechen musste, ja, dass es sogar gut war, dass sie zerbarst? Könnte es sein, dass du die Menschen, die du liebst, aus den Augen verloren hast, weil du dich mit aller Macht an deine Vorstellung vom Leben geklammert hattest, anstatt mit ihnen gemeinsam im Vertrauen darauf, dass ihr niemals verlassen seid, den Sprung in das tosende Wasser der Wirklichkeit zu wagen?

Johann spürte eine Träne, die über seine Wange rann. »Verzeih mir!«, murmelte er. »Bitte verzeih mir!«

Erneut hörte er Tills Stimme in sich, aber es schien ihm, als wäre sie verändert, irgendwie voller und tiefer als die eines Kindes: *Du musst loslassen. Lass los! Wenn du dich festklammerst, kannst du nicht aufgefangen werden ...*

Und er ließ los! Es war, als würde etwas in seiner Seele endlich Atem schöpfen, zum ersten Mal seit vielen, vielen Jahren. Tränen rannen ihm ungehindert über das Gesicht.

Er blinzelte und konnte verschwommen seine Fußspitzen erkennen. Erst jetzt bemerkte er, dass er auf einer Parkbank saß. Sein Blick war verschwommen und er wischte sich über die Augen. »Danke«, flüsterte er. Dann stand er auf. Eine Taube flatterte erschrocken davon und eine ältere Frau betrachtete ihn argwöhnisch.

Johann nickte ihr freundlich zu und verließ hastig den Park.

19

PLEITE

Johann brauchte eine Weile, um sich zu orientieren. Offenbar war er in Gedanken quer durch den Kiez gelaufen und hatte dabei weniger bekannte Gefilde betreten.

Ein Blick auf die Uhr verriet ihm, dass er mehr als zwei Stunden unterwegs gewesen war. Er versuchte, Till anzurufen, doch dieser ging nicht an sein Telefon. Hoffentlich war nichts passiert.

Er fiel in einen Laufschritt, verwünschte seine miserable Ausdauer und erreichte schließlich schwer atmend und mit hochrotem Kopf seinen Gartenzaun.

An der Haustür stand der Briefträger. »Nein, ich komme nicht vom Weihnachtsmann«, erklärte dieser gerade genervt. »Zum letzten Mal! Sind deine Eltern zu Hause?«

»Zum letzten Mal. Verrat ich nicht!«, erwiderte Till trotzig.

»Ich ... bin ... da!«, keuchte Johann. »Worum geht's?«

Der Briefträger wandte sich um. Er musterte Johann von oben bis unten. »Herr Weißborn?«

»Höchstpersönlich.«

»Ich hab ihm nichts verraten, Papa!«, erklärte Till.

»Worum ... geht's?«, schnaufte Johann in Richtung des Briefträgers.

»Einschreiben! Bitte hier unterzeichnen.«

Johann unterschrieb mit zittrigen Fingern und nahm den Brief entgegen.

Der Mann verschwand und Johann ging ins Haus.

»Du sollst doch niemandem aufmachen, wenn ich nicht da bin.«

»Du hast gesagt, ich soll niemand reinlassen«, widersprach Till. »Ich hab niemand reingelassen. Ich war drin und der Postbote war draußen!«

Johann seufzte. Das würde er später noch mal in Ruhe mit ihm besprechen.

»Warst du beim Weihnachtsmann?« Till hüpfte aufgeregt von einem Fuß auf den anderen.

»Nein, im Park«, erwiderte Johann und linste auf den Absender. Das Einschreiben kam von seiner Bank. Er schluckte.

»Gut. Ich hab mir schon Sorgen gemacht.«

»Sorgen?« Johann blickte irritiert auf.

»Ja, du weißt ja noch gar nicht, was ich mir wünsche.«

»Ach so.« Johann riss den Umschlag auf und überflog den Text.

Sehr geehrter Herr Weißborn,
... zum wiederholten Mal fordern wir Sie auf ... zum Gespräch einzufinden ... diesen Termin nicht wahrnehmen ... machen wir von unserem Kündigungsrecht gem. § 498 BGB Gebrauch ...
Mit freundlichen Grüßen ...

Johann schluckte. Der Termin war heute. Er warf einen Blick auf die Uhr. In dreieinhalb Stunden.

»Hier!« Ein DIN-A4-großer Briefumschlag schob sich in Johanns Blickfeld und verdeckte das Schreiben.

»Till, jetzt nicht!«

»Aber in zwei Tagen ist Weihnachten!«

»Ich sagte: Jetzt nicht!«

»Sag ich ja auch. Erst in zwei Tagen«, schmollte Till.

Johann spürte, wie seine Halsschlagader pochte. Alles in ihm drängte danach, seinen Sohn in Grund und Boden zu brüllen. Doch Till war nicht der Grund für seinen Zorn. Johann sah in das aufgeregt-unschuldige, leicht verstimmt dreinblickende Gesicht seines Sohns und biss sich auf die Lippen.

»Papa?«, fragte Till.

»Schon gut«, presste Johann hervor. Er nahm Till den Umschlag ab. »Gib mir ein bisschen Zeit, ja?«

»Okay. Das Wichtigste hab ich rot geschrieben.«

»Danke, das ist sehr umsichtig von dir.«

»Klaro«, erwiderte Till und hüpfte fröhlich in sein Zimmer. Johann griff sich seinen Laptop, ging ins Schlafzimmer und schloss die Tür hinter sich. Kraftlos legte er das Handy und die Umschläge auf dem kleinen Schreibtisch ab, bevor er sich aufs Bett warf und mit aller Kraft in die Matratze boxte. Er prügelte so lange auf die Matratze ein, bis er sie verfehlte und seine Knöchel äußerst schmerzhaft mit der Bettkante kollidierten. Er presste sich das Kissen auf den Mund und stieß einen unartikulierten Schrei aus.

»Geht's dir gut?«, fragte Till vorsichtig durch die geschlossene Tür.

Johann sog schmerzerfüllt die Luft ein und betrachtete die aufgerissene Haut über seinen Fingerknöcheln. »Alles super!«, stieß er hervor. »Hab mich nur kurz geärgert.«

»Kenn ich«, erwiderte Till. »Ich geh dann immer in den Schrank.«

Johann schnaufte und tupfte mit einem gebrauchten Taschentuch das Blut von seiner Hand. »Danke für den Tipp.«

»Kein Ding.«

»Lässt du mich jetzt bitte noch ein wenig arbeiten?«

»Na gut.« Die Schritte seines Sohns entfernten sich.

Johann stand auf, setzte sich an den Schreibtisch und fuhr den Rechner hoch. Er prüfte seinen Kontostand. Es sah übel aus. Er hatte den Dispokredit bis zum Anschlag ausgereizt, und es war zu erkennen, dass eine Lastschrift bereits abgewiesen worden war. Ein Blick ins Portemonnaie offenbarte ihm, dass sein Bargeldbestand aus einer Handvoll Münzen bestand, von denen die meisten aus Kupfer bestanden. Es half nichts, sich die Sache schönzureden. Er war pleite, restlos pleite, so pleite wie noch nie in seinem Leben.

Mit einem Gefühl innerer Leere nahm Johann sein Smartphone zur Hand und hörte seine Mailbox ab. Dreimal war die Stimme seines Bankberaters zu vernehmen, und sie wurde mit jedem vergeblichen Anruf gereizter. Auch Juliane hatte eine Nachricht hinterlassen, in der sie ihn erkennbar genervt darauf hinwies, dass er bitte seine Mails checken solle. Zum Schluss war die Stimme von Anna Engelmann zu hören. Sie hob sich wohltuend fröhlich von den anderen ab. »Lieber Johann, das Weihnachtsgeschäft brummt. Ich bin ganz happy. Und nun würde ich sehr gerne meine Schulden begleichen. Du kannst jederzeit vorbeikommen und dir den Rest deines Honorars abholen. Würde mich freuen, dich ... äh wieder in meinem Laden begrüßen zu dürfen.« Sie räusperte sich. »Tschüss. Anna ... Also Anna aus dem Buchladen. Du weißt schon ...«

Ein winziges Lächeln stahl sich auf Johanns Lippen. Die quirlige Buchhändlerin hob seine Laune.

Leider war dieses Honorar nicht mal ein Tropfen auf den heißen Stein. Es wäre quasi schon verdunstet, bevor es sein Portemonnaie erreichte.

Seufzend öffnete er sein Mailprogramm und rief Julianes Mail auf.

Lieber Johann,
ich wäre dir sehr verbunden, wenn du den besten Deal, den ich in meiner ganzen beruflichen Laufbahn jemals ausgehandelt habe, nicht einfach ignorieren würdest. Also bitte tu mir den Gefallen, lies den beigefügten Vertrag durch, setze deine Unterschrift darunter und werde reich.

Mit freundlichen Grüßen von deiner leicht irritierten Agentin
Juliane
PS: Ich brauche den Vertrag per Post bis spätestens übermorgen.

Johann druckte das Dokument aus. Als das letzte Blatt gedruckt war, zeigte das Gerät an, dass das Papier alle war. Johann zog die Schreibtischschublade auf – sie war leer.

Sein Papiervorrat war komplett aufgebraucht. Vielleicht war das ja ein Zeichen? Er nahm den Vertrag zur Hand und studierte ihn sorgfältig. Soweit er erkennen konnte, war alles absolut fair und seriös. Dieser Vertrag war seine Rettung! Wenn er damit zur Bank ging, hatte er die Sicherheit, die er brauchte, um den Kredit weiter stunden zu können. Er würde auf einen Schlag all seine finanziellen Probleme lösen. Im Grunde war er ein Geschenk des Himmels. Warum um alles in der Welt hatte er trotzdem das Gefühl, er würde seine Seele verkaufen, wenn er das Formular unterschrieb?

Behutsam schob er den Vertrag in einen DIN-A4-Umschlag.

Dann nahm er den Umschlag von Till zur Hand und zog einen mehr oder weniger sorgfältig gefalteten DIN-A3-Bogen hervor. Er enthielt die in leuchtendem Rot aufgelisteten Weihnachtswünsche seines Sohns:

Speidermänkostüm
Fernsteuerauto
Leserschwert
ein Hund aber in echt oder ein Poni oder eine Ziege ...

Johann stutzte. Eine Ziege? Welches Kind wünschte sich denn eine Ziege?

Offenbar hatte Till den Gedankengang seines Vaters vorausgeahnt, denn schon in der nächsten Zeile stand:

nagut Mehrschweinchen get auch
Oder ein Huhn zum Eialegen
ein Farrad was von selber färt ...

Johann schob den Zettel zurück. Ein tiefer Seufzer entrang sich seiner Kehle. Selbst wenn er die ambitionierteren Wünsche seines Sohns beiseiteließ, würde Weihnachten in diesem Jahr eine Riesenenttäuschung werden. Er hatte nicht einmal mehr genug Geld für ein billiges Spidermankostüm. Selbst wenn der Vertrag noch heute bei der Agentur landete, würde das an seinem Kontostand rein gar nichts ändern. Um rechtzeitig Weihnachtsgeschenke zu besorgen, würde die Zeit nicht reichen, aber er konnte es sich dann ja leisten, im Nachhinein besonders großzügig zu sein. Oder aber, schoss es ihm durch den Kopf, er verwendete das ausstehende Resthonorar von Anna für ein paar kleine Überraschungen.

Mit neuer Energie stand er auf. Als wenig später Luisa, Jakob und Carlotta aus der Schule kamen, bat er sie, sich Tiefkühlpizzen in den Ofen zu schieben. Er müsse noch mal losziehen, da er eine Verabredung mit dem Weihnachtsmann habe. Selbst den beiden Älteren zauberte diese Bemerkung ein leichtes Schmunzeln auf die Lippen.

Johann verstaute den Umschlag mit dem Vertrag in seinem Rucksack, warf ihn sich über die Schulter und trat hinaus auf die Straße. Der Himmel hatte sich zugezogen und aus den düsteren grauen Wolken fielen vereinzelte weiße Flocken herab. Vielleicht würde es ja dieses Jahr weiße Weihnachten geben.

20

DER HINTEREINGANG

Der Traum einer weißen Weihnacht hielt nicht lange. Nach fünf Minuten verwandelten sich die weißen Flocken zunächst in matschigen Schneeregen und kurz darauf in kalten Spätherbstregen. Mit dem Wechsel des Aggregatzustands nahm auch die Intensität des Niederschlags zu. Johann schlug den Mantel seines Kragens hoch, hielt sich seinen Rucksack schützend über den Kopf. Auf der gegenüberliegenden Seite konnte er in etwa dreißig Metern Entfernung den Buchladen sehen. Warmes Licht drang durch die mit Büchern dekorierten Schaufenster nach draußen. Er hastete über die Straße. Der letzte Schritt vor dem Bordstein endete in einer schlammigen Pfütze. Eisiges Wasser spritzte hoch und schwappte in seine Schuhe.

In diesem Moment erschien ihm Annas Laden ein sehr anheimelnder Ort zu sein. Er eilte den Gehweg entlang; sein durchnässter Schuh quietschte bei jedem Schritt. Dann trat er in den Laden ein. Das Bimmeln einer altmodischen Ladenglocke und wohlige Wärme empfingen ihn.

Der Laden schien leer zu sein.

»Anna?«

»Ich bin hier!«, erklang eine Stimme hinter dem Tresen hervor. Johann kam näher.

Ein angestrengtes Keuchen war zu vernehmen.

»Alles okay?«

»Alles super!«, ächzte Anna. Dann erklang ein überraschtes: »Huch«, und gerade als Johann um den Tresen herumlief, stolperte sie rückwärts und prallte gegen ihn. Dabei riss sie eine Lampe vom Tresen. Hinter ihm schepperte es, während er von anderer Stelle ein Knirschen vernahm.

»Oh, nein! Das darf doch nicht wahr sein!«, schimpfte Anna, und hob etwas vom Boden auf. »Shitishitishit!«

»Hast du dir wehgetan?«

»Nein, nein!« Sie blickte auf und strich sich die langen Haare aus der Stirn. In ihrer Hand hielt sie die traurigen Reste ihres Brillengestells. »Ich bin auf meine Brille getreten.«

»Oh ...« Johann starrte sie an. Mit offenen Haaren und ohne Brille sah sie ganz anders aus, irgendwie jünger, weicher ... hübscher. »Das äh ... tut mir leid«, murmelte er.

»Du kannst ja nichts dafür«, sie verdrehte die Augen. »Ich habe mich mal wieder zu dusselig angestellt.«

»Was hast du denn da unten gemacht?«, fragte er.

»Da war dieser bescheuerte Stecker von dieser blöden Lampe«, sie deutete auf die Trümmer der zerstörten Lampe und gleichzeitig in den Halbschatten des Tresens, wo sich vermutlich eine Wandsteckdose befand. »Ich wollte einfach nur die Lampe umstellen. Aber man kommt da total schlecht an die Steckdose ran und das Ding war wie festgeschweißt.«

»Verstehe.«

Die Ladenglocke bimmelte erneut. Ein junger Mann trat ein, die Kapuze seines Hoodys weit über den Kopf gezogen.

Anna blinzelte kurzsichtig in seine Richtung. »Hallo.«

Der junge Mann nickte knapp.

»Kann ich Ihnen helfen?«

»Nee, ich schau mich nur um.«

»Sorry«, sagte Johann. »Ich will dich nicht stören.«

»Du störst doch nicht!«, widersprach Anna rasch. »Ich freue mich, dass du da bist.« Sie lächelte ihn strahlend an. Und Johann musste einfach zurücklächeln.

»Als Erstes werde ich mal meine Schulden bezahlen.« Sie öffnete die Kasse und zog ein paar Scheine hervor. Dann kramte sie unter dem Tresen in einer Ablage. »Warte, ich hab hier einen Briefumschlag.«

»Das brauchst du nicht.«

»Doch, sonst ist das so unpersönlich.« Sie zog einen Umschlag hervor, auf dem das Logo ihres Buchladens abgedruckt war. Dann schrieb sie mit der Nase dicht über dem Papier »Danke für die wundervolle Lesung« darauf und malte ein Herzchen dahinter. »Ohne Brille bin ich blind wie ein Maulwurf«, sagte sie entschuldigend, während sie ihm den Umschlag in die Hand drückte.

»Danke.« Johann stellte den Rucksack auf den Tresen und schob den Briefumschlag hinein.

»Hättest du vielleicht noch ein wenig Zeit ... auf einen Kaffee oder so?« Ihre Wangen röteten sich. »Ich habe da so eine Idee, die ich gerne mit dir besprechen würde«, fügte sie rasch hinzu.

»Im Prinzip schon, ich muss nur im Anschluss noch ...« Johann brach ab. Aus dem Augenwinkel nahm er eine Bewegung wahr. Er blickte auf und sah, dass der junge Mann sich blitzschnell über den Tresen gebeugt und eine Handvoll Scheine aus der Kasse gegriffen hatte.

»He!«, entfuhr es Johann. Der Mann stopfte die Scheine in die Tasche und stürmte aus dem Laden.

»Das gibt's doch nicht! Der hat geklaut!«

»Was?«

»Der Typ hat Geld aus deiner Kasse geklaut!« Johann hastete durch den Laden und stieß die Tür auf. Er sah den jungen Mann über die Straße hetzen. Anna folgte ihm dichtauf.

»Da ist er!«

»Warte, ich schließe ab!« Anna fingerte einen Schlüssel aus der Tasche.

»Den schnapp ich mir.« Johann stürmte los, kam jedoch nicht weit. Eine Gestalt sprang plötzlich aus dem Schatten eines Hauseingangs und stieß ihn zu Boden.

Johann schlug hart auf Hände und Knie schlitterten über den schmutzigen Asphalt. Hinter sich hörte er Anna erschrocken aufschreien.

Hastig rappelte er sich auf und wandte sich um. Er sah den Angreifer um eine Ecke verschwinden. Der Dieb war längst über alle Berge.

Anna saß auf dem Boden und starrte auf etwas in ihrer Hand.

»Oh nein, oh nein, oh nein!«, stieß sie verzweifelt hervor.

»Was ist? Bist du verletzt?«

»Nein.«

Er lief zu ihr hinüber.

Anna blinzelte mit kläglichem Gesichtsausdruck zu ihm auf. In der rechten Hand hielt sie einen Schlüsselkopf, der Bart war zur Hälfte abgebrochen. »Der Schlüssel war schon etwas angeknackst. Ich hatte ihn gerade im Schloss herumgedreht, als der Typ mich gerammt hat und nun ...« Sie hob den abgebrochenen Schlüssel.

»Oh ...« Johann blickte in Annas trauriges Gesicht. »Es tut mir unglaublich leid.«

»Und mir erst! Wenn der Typ wenigstens ein Buch geklaut hätte ... Ich hab sogar den Fischer in meiner kleinen juristischen Abteilung.«

»Fischer?«

»Kommentar zum Strafgesetzbuch.« Sie seufzte.

»Die Typen haben zusammengearbeitet«, sagte Johann.

Sie nickte. »Sieht ganz so aus. Aber auch so hätte ich den Dieb wohl eher nicht erwischt. Ich war in Sport immer eine Niete.«

»Willkommen im Club«, erwiderte Johann. »Die Siegerurkunde bei den Bundesjugendspielen 1991 war mein größter sportlicher Triumph. Ich hatte gerade so die Mindestanzahl an Punkten erreicht.«

Sie wandte sich um und linste durch die Glastür. »Ist das dein Rucksack da auf dem Tresen?«

Johanns Herz machte einen kleinen Sprung. »Ich fürchte, ja.« Der Dieb hatte in dem Moment zugeschlagen, als er den Rucksack abgenommen hatte, um das Honorar einzustecken, und er hatte ihn in der Hitze des Gefechts liegen lassen. »Wie spät ist es?«, fragte er.

Anna hielt ihm ihre Uhr unter die Nase. »Ohne Brille steht mir nur mein Magen als Zeitmesser zur Verfügung. Da würde ich sagen, es ist ungefähr zwei Stunden vor dem Abendbrot.«

»17.11 Uhr«, las Johann. »Shit!«

»Was ist?«

»Ich habe um 18.00 Uhr einen wichtigen Termin bei meiner Bank. Und dafür brauche ich meinen Rucksack.«

»Oh, Mist! Dann haben wir ein Problem. Nach meinen Erfahrungen braucht ein Schlüsseldienst mindestens zwei bis drei Stunden, bevor der hier auftaucht.«

»Das ist gar nicht gut.«

»Da bleibt im Grunde nur eine Möglichkeit.«

»Die Tür einschlagen?«, fragte Johann zweifelnd.

»Nein. Wir brechen durch die Hintertür ein.«

»Es gibt einen zweiten Eingang?«

»Na ja ... fast. Komm, ich zeig's dir.« Sie wandte sich nach links und führte ihn durch eine Toreinfahrt im Nachbarhaus. Dann gingen sie in den zweiten Hinterhof und blieben schließlich vor einer Mauer stehen.

»Das ist nicht das, was ich mir unter einem Eingang vorstelle«, sagte Johann.

»Das liegt daran, dass es nicht der Eingang ist. Hilfst du mir mal auf die Biotonne?«

Mit Johanns Hilfe kletterte sie auf eine braune Tonne und von dort auf die Mauer. Sie wandte sich um und grinste abenteuerlustig. »Komm!«

Johann folgte ihr, wobei er feststellen musste, dass er mit den Jahren doch ein wenig an Geschmeidigkeit verloren hatte. Zudem beulte der Deckel der Tonne sich beunruhigend ein, als er sich daraufstellte. Hastig kraxelte er neben Anna auf die Mauer. Von dort ging es auf ein mit Dachpappe bedecktes Flachdach, das bei jedem Schritt besorgniserregend ächzte, weiter zu einer zweiten Mauer.

»Jetzt müssen wir springen«, sagte Anna mit einem Anflug von Nervosität in der Stimme.

Johann linste in den mit Kopfsteinpflaster bedeckten Innenhof. »Das sind gut und gerne dreieinhalb bis vier Meter.«

»Echt?« Anna linste ebenfalls nach unten. »So hoch ist das?«

»Allerdings. Bist du denn schon mal dort heruntergesprungen?«

»Ich? Nein! Warum sollte ich?«

»Na ja, vorhin klang es so, als hättest du das schon tausendmal gemacht.«

»Tatsächlich?«

»Ja, es hörte sich an, als wäre dieser Hintereingang nicht mehr als ein Spaziergang.«

»Na ja, um ehrlich zu sein, ich habe es mir etwas leichter vorgestellt. Und was machen wir jetzt?«

»Du springst runter, rollst dich ab und fängst mich dann auf«, schlug Johann vor.

Sie blinzelte kurzsichtig zu ihm auf. »Also, wenn ich eine Geschichte schreiben müsste, würde das der Mann machen.«

»Zum Glück bin ich der Autor«, erwiderte Johann.

»Na gut. Ich kann's ja mal versuchen«, sagte Anna, ohne eine Miene zu verziehen. »Wie viel wiegst du denn?«

»Ich möchte nicht darüber reden«, erwiderte Johann.

Anna kicherte. »Ich hätte da noch einen Alternativvorschlag: Was hältst du davon, wenn wir uns an der Mauerkante festhalten, langsam herunterlassen, bis wir an den ausgestreckten Armen hängen, und dann springen.«

»Klingt unglaublich reizvoll«, sagte Johann mit Grabesstimme.

»Okay, ich versuch's mal.« Anna drehte sich zur Seite, stützte sich mit beiden Händen auf den Mauervorsprung und ließ dann die Beine hinabgleiten.

»Alles okay?«

»Mir geht's super!«, erwiderte Anna mit ängstlicher Stimme.

Sie ließ sich tiefer hinab. Ihre Arme zitterten. »Jetzt im Nachhinein ... bedauere ich meine Aversion gegenüber sportlichen Betätigungen ein bisschen«, presste sie hervor.

Johann drückte seine Hände auf ihre, um ihr Halt zu geben. Schließlich hing sie an den ausgestreckten Armen an der Mauer.

»Super!«, ermutigte Johann sie. »Du machst das großartig.«

»Fühlt sich aber nicht so an.«

»Und jetzt loslassen!«

Anna linste nach unten. »Das sieht total tief aus!«

»Das ist nicht mal ein Meter«, log Johann. »Jetzt lass los!«

»Ich bin doch nicht verrückt!«

»Du kannst doch nicht hier hängen bleiben.«

Sie blickte zu ihm auf und meinte hektisch: »Zieh mich rauf!«

»Wie soll das gehen?«

»Zieh mich rauf!« Panik lag in ihrer Stimme.

Johann zog sie nicht herauf, stattdessen ließ er sich neben ihr an der Mauer hinab und sprang. Sie schrie ängstlich auf. Er kam hart auf, stolperte rückwärts, rappelte sich hastig wieder auf, hastete vor und umschlag Annas Beine. »Ich hab dich! Ich hab dich, du kannst loslassen.«

Mit einem Seufzer ließ sie los. Sie war nicht viel schwerer als Till. Johann ließ sie vorsichtig hinab, bis ihre Füße den Boden berührten. Einen kurzen Moment standen sie dicht beieinander. Ihr Hinterkopf drückte gegen seine Brust. Sie wandte sich um. Hastig trat er einen Schritt zurück.

»Das war doch ... gar nicht so schwer«, sagte er rasch.

»Easy«, schnaufte Anna und strich sich verlegen eine Haarsträhne hinters Ohr.

Johann räusperte sich und sah sich um. Der Hinterhof war eng und dunkel, eine schmale Tür führte in das Vordergebäude. Er nickte in ihre Richtung. »Da entlang?«

»Äh nein, ungünstigerweise ist die Tür abgeschlossen«, erwiderte Anna mit zerknittertem Lächeln. »Der Eingang, den ich meinte, befindet sich dort.« Sie wies in Richtung eines kleinen Fensters in etwa zweieinhalb Metern Höhe.

21

RETTENDE BEKENNTNISSE

Johann linste zu der winzigen Luke hinauf. »Nicht dein Ernst?«

Anna zuckte mit den Achseln. »Es ist das Toilettenfenster.«

»Ach so! Das macht die Sache natürlich viel einfacher«, schnaufte Johann.

»Ich meine doch nur ... ich lasse das immer einen Spalt auf ... und so haben wir eine Chance ...«

»Das Fenster ist winzig. Da passt vielleicht meine Tochter durch ...« Er kniff kritisch die Augen zusammen, »... wenn sie eine Woche gefastet hat.«

»Ach, so klein ist das gar nicht«, Anna winkte ab. »Ich finde es eher problematisch, dass es so weit oben ist.« Sie warf ihm einen Blick zu.

»So ein Mist, warum muss das ausgerechnet heute passieren?!«, stöhnte Johann.

»Tut mir echt leid.«

»Dir mache ich keine Vorwürfe, du bist die Letzte, die etwas dafürkann.«

Anna blickte ihn an. Sie schien seine Anspannung zu spüren. »Kannst du deinen Banktermin nicht verschieben? Ich meine, bei einem Kunden wie dir sollten die doch ein bisschen entgegenkommender sein.«

Johann verzog das Gesicht. »Mach dir keine Illusionen. Einmal Spiegelbestsellerliste reicht nicht für ein ganzes Leben.«

»Aber jetzt, wo dein Buch sogar verfilmt wird ...«

»Woher ... ich meine, wie kommst du denn darauf?«, unterbrach er sie überrascht.

»Das steht auf deiner Webseite.«

»WAS?«

»Ja, und heute früh hast du es sogar noch mal auf Social Media gepostet.«

»Heute früh?«

»Ja«, erwiderte sie, offensichtlich überrascht von seinem barschen Tonfall. »Ich folge dir. Schließlich bist du Autor und ich bin Buchhändlerin.«

»Das darf doch nicht wahr sein!«

»Gibt es ein Problem?«

»Das war Juliane!« Er fing Annas verwirrten Blick auf. »Entschuldige. Juliane ist meine Agentin. Sie betreut auch meine Webseite und meine Social-Media-Accounts. Das Ganze ...«, er schüttelte den Kopf. »Das war nicht so abgesprochen. Keine Ahnung, was in sie gefahren ist.«

»Du scheinst nicht sehr glücklich über dieses Filmangebot zu sein.«

»Wie kommst du darauf?«

Anna hob die Brauen. »Ich bin vielleicht kurzsichtig, aber

das ist nun wirklich nicht zu übersehen.« Ihr Atem kondensierte in der Luft und Anna zitterte leicht.

»Ich glaube, es wird Zeit, dass du ins Warme kommst«, sagte Johann.

»Ja, ich gebe zu, ich hätte meinen Mantel mitnehmen sollen, bevor ich auf der Jagd nach einem Dieb meinen Schlüssel abbreche.«

Wider Willen musste Johann lächeln. »Ich schlage vor, ich mache Räuberleiter.«

Sie nickte nervös. »Klar. klingt gut.«

Er stellte sich mit dem Rücken zur Wand und verschränkte die Hände. »Setz deinen Fuß darauf.«

Sie kam näher, griff nach seiner Schulter und zögerte. »Hab ich eigentlich schon erwähnt, dass ich ein bisschen Höhenangst habe?«

»Du bist vorhin über ein viel höheres Dach gelaufen.«

»Aber da wusste ich nicht, wie hoch es ist.«

»Mag sein, aber wir haben nicht viele Alternativen. Mit umgekehrten Rollen wird es nicht klappen. Meine Fitness-App beschimpft mich als übergewichtig. Ich würde dich glatt in den Boden stampfen.«

»Du hast eine Fitness-App?«

»Theoretisch schon. Aber ich habe ihr wegen Unsensibilität die Zusammenarbeit aufgekündigt. Jetzt macht jeder von uns sein eigenes Ding.«

»Immerhin hast du mal eine Fitness-App gehabt. Ich habe in meinem ganzen Leben noch nie in Betracht gezogen, freiwillig Sport zu machen. Das heißt aber nicht, dass ich schwach bin. Bücherkartons zu schleppen ist nichts für Weicheier ...«

»Anna?«, unterbrach er sie.

»Ja.«

»Dir klappern schon die Zähne. Vom Reden wird dir auch nicht wärmer! Rauf da!«, befahl Johann.

»Ist ja gut.« Sie warf einen besorgten Blick nach oben. »Okay, ich schaff das«, sprach sie sich Mut zu. Dann hob sie den Fuß. »Das ist zu hoch. Könntest du dich ein Stück weit mehr auf meine Ebene bewegen?«

Johann ging leicht in die Knie.

Sie trat auf seine verschränkten Handflächen, krallte sich in seinen Mantel und zog sich hoch.

»Ich hoffe, du hast geprüft, ob deine Sohlen hundekot-frei sind?«

»Mach keinen Scheiß!«

»Nettes Wortspiel«, kommentierte er. »Aber ich hab nur Spaß gemacht.«

»Nicht lustig«, kommentierte sie streng. Ihr Gesicht war seinem ganz nahe, und er sah, dass sie schmunzelte. Sie drückte sich höher. Ihre langen Haare kitzelten an seiner Nase. Dann drückte ihr Bauch gegen sein Gesicht.

»Kommst du ran?«, fragte er.

»Mist!«

»Ich interpretiere das mal als Nein.«

»Das blöde Ding ist zu hoch!«

»Du musst auf meine Schultern steigen!«

»Ich bin doch nicht irre!«

»Nicht irre, aber zu kurz. Jetzt steig auf meine Schultern.«

»Wäre ich bloß nicht auf diese blöde Idee gekommen, hier

einzusteigen«, grummelte sie, während sie unsicher einen Fuß hob.

»Denk einfach an die unverschämt teure Rechnung des Schlüsseldienstes! Das motiviert.«

»Wenn ich runterfalle und sich mein Gehirn auf dem Pflaster verteilt, nützt mir das auch nichts.«

»Aus welchen Splatterromanen rekrutierst du denn diese Fantasien? Das ist ein Toilettenfenster im Erdgeschoss. Nicht der Mount Everest.«

»Von da unten sieht das alles ganz einfach aus. Aber ich bin hier schon fast oberhalb der Schneegrenze.«

»Von hier unten sehe ich gar nichts. Dein Mantel raubt mir die Sicht. Insbesondere dein Mantelknopf sticht mir ins Auge.«

»Tut mir leid.«

»Du kommst übrigens nur höher, wenn du den zweiten Fuß auf die andere Schulter stellst.«

»Den zweiten Fuß? Bist du wahnsinnig? Ich bin Buchhändlerin, keine Akrobatin.«

»Du schaffst das. Stell dir einfach vor, du wärst Frodo und kletterst gerade auf den Schicksalsberg!«

»Ich werde draufgehen«, murmelte Anna, während sie zitternd den Fuß hob und hastig wieder senkte.

»Ich helfe dir.« Johann spannte die Muskeln an und schob mit beiden Händen ihren Fuß höher.

»Oh ... vorsichtig! Nicht so schnell.«

»Kommst du ran?«

»Sag meinen Büchern, dass ich sie liebe! Warte, ich hab's gleich.« Sie wankte, stieß einen spitzen Schrei aus, wankte erneut und keuchte. »Ich hab's! Ich hab's!« Sie hob den zweiten Fuß auf seine Schulter. Er hörte das Fenster quietschen. Hastig griff er nach oben und umklammerte ihre Fußgelenke, um ihr Halt zu geben.

»Hm«, machte Johann und versuchte seine Anstrengung zu verbergen. »Irgendwie riechts hier doch ein wenig, bist du sicher ...?«

»Nicht witzig!«, schnaufte Anna. Es rappelte. Sie stellte ihren Fuß auf seinen Kopf und stieß sich ab. Ihr Gewicht löste sich von Johanns Kopf und Schulter. »Tut mir leid ... Oh, oh.« Sie stieß einen hellen Schrei aus.

Johann drehte sich hastig um und sah gerade noch ihre zappelnden Füße in der Fensteröffnung verschwinden. Es schepperte.

»Alles okay?«, rief Johann. »Geht's dir gut?«

Es rumpelte. »Eher so mittel«, erklang Annas gedämpfte Stimme.

Es schepperte. »Autsch. Mist! ... Wo ist der blöde ... ah, da.« Das Licht ging an.

»Anna, ich mache mir ein bisschen Sorgen.«

»Geht schon.«

»Äh ...?«

»Bin gleich da.« Erneutes Poltern. Dann Stille. Kurz darauf öffnete sich die Hintertür.

Annas zierliche Gestalt trat in den Hof.

»Oh Schreck. Du blutest ja!«

»Nicht so schlimm.« Sie winkte ab.

Johann folgte ihr durch einen schmalen Flur in ihr winziges Büro. Etwas Blut rann von ihrer Stirn, und es war zu erkennen, dass sich eine große Beule bildete. »Wo ist dein Erste-Hilfe-Kasten?«

»Im Bad, aber ...«

»Setz dich.« Er schob sie behutsam zum Schreibtischstuhl. »Ich bin gleich wieder da.«

Im Bad herrschte einiges Chaos. Offenbar war Anna durch das Fenster vornüber zu Boden gestürzt, hatte dabei ein Regal mitgerissen und das Waschbecken touchiert. Auf dem Boden lagen Klopapierrollen, Feuchttücher, Tampons, eine aufgeplatzte Flasche mit Flüssigseife und eine gebundene Ausgabe der »Bekenntnisse des Augustinus«, wobei auf dem Cover ein kleiner Blutfleck prangte. Der Erste-Hilfe-Kasten hatte offenbar ebenfalls auf dem Regal gestanden und lag nun neben der Klobürste. Johann griff sich den angeschlagenen Kasten und das Buch und eilte zurück zu Anna.

Rasch zog er sich Einmalhandschuhe an. Er griff sich ein Stück Mullverband, benetzte es mit Desinfektionsmittel und begann, vorsichtig die Wunde zu reinigen.

Anna verzog das Gesicht, beschwerte sich aber nicht. Stattdessen griff sie das Buch und strich liebevoll über die verknickten Seiten.

»Deine Toilettenlektüre?«

»Besser als durch Instagram zu scrollen, findest du nicht?«

»Definitiv! Es ist nur ein wenig ungewöhnlich.«

»Hast du seine Reflektionen über die Zeit gelesen und über die Liebe und die Vielschichtigkeit der Wahrheit?«

»Ja, hab ich ... auch wenn es schon eine ganze Weile her ist.«

»Ich finde, für ein so altes Buch sind darin ganz erstaunliche Gedanken verborgen.«

Anna stöhnte schmerzhaft auf.

»Wenn du stillhältst, ist es schneller vorbei«, sagte Johann.

»Okay, okay.« Anna sah ihn an. »Warum willst du eigentlich nicht, dass dein Buch verfilmt wird?«

»Das habe ich so nicht gesagt.«

»Stimmt, aber das hast du ausgestrahlt.«

»Wirklich?«

»Ja, mit jeder Pore.«

Johann seufzte. »Das spielt keine Rolle. Ich fürchte, ich habe kaum eine Wahl. Dieser Vertrag würde alle meine finanziellen Sorgen in Luft auflösen.«

»Oh ...« Anna nickte. »Hört sich toll an. Ich meine, ich persönlich kenne diesen Zustand nicht, aber das klingt wirklich attraktiv.«

Johann legte das blutige Mullknäuel beiseite. »Was würdest du tun?«

Anna zuckte die Achseln. »Keine Ahnung. Ich bin keine Bestsellerautorin. Ich kann nur sagen: Alle, mit denen ich gesprochen habe, haben mir abgeraten, diesen Buchladen zu eröffnen. Selbst der Vermieter, obwohl die Räume schon seit über einem Jahr leer standen. *Buchläden rentieren sich nicht mehr*, hat man mir gesagt. Aber irgendwie hat mir das nicht weitergeholfen, denn es ging mir ja nicht um irgendwelche Buchläden. Es ging mir um diesen einen, ganz besonderen Buchladen, diesen einen Laden, der die Menschen einlädt, sich auf eine Reise zu begeben, eine Reise an die unterschiedlichsten, fernsten, unwahrscheinlichsten Orte, dorthin, wo ihre tiefste Sehnsucht sie hinführt. Mir ging es immer um diesen einen Buchladen, den ich selbst immer vermisst habe.« Ihre Augen glänzten. »Ich habe ihn nicht wegen der positiven Rentabilitätskennzahlen eröffnet, sondern weil es richtig ist. Also, wenn du meinen völlig irrelevanten Rat hören willst, dann tu, was richtig ist.«

Sie sah zu ihm auf und lächelte. Johann konnte nicht anders, als dieses Lächeln zu erwidern. Irgendetwas Seltsames geschah. Er hatte den Eindruck, als würde die Luft um sie herum wärmer werden. Ein Prickeln überkam ihn. »Danke«, sagte er leise. Er spürte, wie ihm das Blut in die Wangen schoss, und wandte sich rasch ab, um nach der Pflasterbox zu greifen. Als er sie öffnete, hob er überrascht die Brauen.

»Ich dachte, wenn sich ein Kind verletzt, bin ich vorbereitet«, verteidigte sich Anna.

»Okay. Möchtest du den Schmetterling, den Piraten oder die Elfe?«

»Die Elfe bitte.«

Lautes Klopfen an der Eingangstür ließ ihn zusammenzucken. Er drehte sich um. »Papa!«, rief Carlotta. Till drückte sein Gesicht an das Glas. Jakob winkte ihm ungeduldig und Luisa schaute demonstrativ auf ihre Uhr.

22

FAMILIENFAHRT

Anna warf Johann einen fragenden Blick zu.

»Meine Familie«, erklärte er.

Anna zog den Ersatzschüssel aus einem Schubfach und öffnete die Tür. Glücklicherweise war das Schloss mit einem Doppelzylinder ausgestattet und konnte geöffnet werden, obwohl der abgebrochene Schlüssel außen noch steckte.

»Was macht ihr denn hier?«, fragte Johann, als die Tür aufging und seine Kinder samt Schwiegermutter in den Laden strömten.

Till legte ihm die Hand auf die Schulter und verkündete feierlich: »Wir retten dich!«

»Das war Jakobs Idee«, sagte Luisa.

»Ist so'n Kalenderding«, erklärte Carlotta, während sie Anna neugierig musterte.

»Auf meinem Zettel stand: *Wenn jemand in eine schwierige Situation kommt, steh ihm bei*«, sagte Jakob und zuckte mit den Schultern.

»Das gilt auch für Papas!«, erklärte Till.

»Dein Junge hat sich offensichtlich viele Gedanken gemacht«, sagte Sofia anerkennend. »Du kannst wirklich stolz auf ihn sein.«

Anna guckte mit großen Augen von einem Familienmitglied zum nächsten. Carlotta zupfte sie am Ärmel. »Magst du Fußball?«

»Äh ...«

»Leute, jetzt mal eine Minute Ruhe«, bat Johann. »Was zum Henker macht ihr hier?«

»Hab ich doch schon gesagt!«, bemerkte Till und verdrehte die Augen.

»Wir lassen dich nicht im Stich«, sagte Luisa.

»Wir kommen mit zur Bank!«, erklärte Jakob.

»Wieso wollt ihr mit ... und woher wisst ihr überhaupt ...?«, stammelte Johann überrumpelt.

»Wir sind ja nicht doof«, erwiderte Luisa.

»Genau!«, bestätigte Till.

»Cooles Pflaster«, bemerkte Carlotta und wies auf Annas Stirn.

»Danke«, erwiderte Anna reflexartig.

»Wir haben natürlich mitbekommen, dass die Bank Schwierigkeiten macht«, erklärte Jakob. »Und dann lag da heute Morgen dieser Brief auf deinem Schreibtisch.«

Der Brief?, durchzuckte es Johann. *Hab ich das Einschreiben etwa zu Hause liegen lassen?*

»Und dann haben wir gesehen, dass du hier feststeckst«, ergänzte Luisa.

»Und deshalb haben wir beschlossen, dich abzuholen und zu begleiten«, sagte Jakob.

»Moment mal, was meint ihr mit *feststecken*? Und wie habt ihr mich überhaupt gefunden?«

»Erinnerst du dich an die Fitness-App, die du letztes Jahr nach Silvester installiert hast?«

»Die hab ich ja ewig nicht mehr benutzt!«, meinte Johann.

»Nicht benutzen ist nicht das Gleiche wie löschen«, erklärte Jakob.

Carlotta schüttelte seufzend den Kopf. »Papa ist total unsportlich«, erklärte sie Anna.

»Du hast diese App mit deinem Google-Account verknüpft, so konnten wir sehen, wo du gerade bist ...«

»... und vor allem, dass du dich nicht wegbewegst«, ergänzte Luisa.

»Und weil wir wissen, wie wichtig der Termin in der Bank ist ...«, fuhr Jakob fort.

»... sind wir schnell gekommen, um dich zu retten«, beendete Till den Satz.

»Das ist wirklich sehr lieb von euch«, setzte Johann an, »aber ...«

»Du musst in zehn Minuten da sein!«, unterbrach Sofia.

»Was?«

»Der Termin ist in zehn Minuten!«

Johann kramte sein Smartphone hervor und sah auf die Uhr. »Verflixt!«

»Wir können mein Auto nehmen!«, bot Anna an.

»Cool!«, rief Carlotta.

»Das ist sehr freundlich von Ihnen«, sagte Sofia.

»Mein Wagen steht gleich da drüben!«

»Moment mal ... Ihr könnt doch nicht alle mitkommen.«

»Du hast keine Wahl, Papa«, sagte Jakob und schnappte sich Johanns Rucksack.

»Jetzt komm endlich!«, forderte Luisa ihn auf.

Vor einem weinroten Fiat Panda Baujahr 2002 blieben sie stehen.

»Könnte etwas eng werden«, sagte Anna, während sie mit zusammengekniffenen Augen das Türschloss suchte.

»Vielleicht sollte ich das lieber übernehmen?«, schlug Johann vor.

»Einverstanden.« Sie reichte ihm den Schlüssel. »Ich navigiere, es gibt hier ein paar neue Baustellen, die kein Navi kennt.«

»Geht das denn, ohne Brille?«

»Wenn es weit genug weg ist, kann ich messerscharf sehen«, erklärte Anna.

Eine Minute später musste Johann das Gaspedal fast bis zum Bodenblech durchdrücken, um vor einem langsam heranschleichenden Lkw aus der Parklücke herauszukommen. Sofia saß auf dem Beifahrersitz. Hinten links saß Anna mit Carlotta auf dem Schoß, rechts saß Jakob mit Till, und in der Mitte eingeklemmt befand sich Luisa.

»Duckt euch, wenn ihr einen Polizeiwagen seht.«

»Ich sehe nur Tills Frisur«, bemerkte Jakob.

»Rechts«, sagte Anna.

»Ich kann mich nicht bewegen!«, beschwerte sich Luisa.

»Ihr hättet ja nicht mitkommen müssen!«, sagte Johann.

»Jetzt rechts!«, rief Anna. »Sonst landest du in einer Sackgasse.«

Mit quietschenden Reifen nahm Johann die Kurve.

Eine Taube flatterte im letzten Moment zur Seite. Der Wagen schleuderte leicht, bevor er wieder in der Spur war.

»Papa, du fährst wie Tante Gertrud nach einem Liter Glühwein«, beschwerte sich Jakob.

»Hat irgendjemand etwas dagegen, wenn ich ein Gebet spreche?«, fragte Sofia vorsichtig. »Ich wäre durchaus daran interessiert, lebend ans Ziel zu kommen.«

»Leute, ihr macht mich fertig!«, stöhnte Johann.

»Nächste links«, bemerkte Anna »Und Vorsicht, das ist eine Spielstraße.«

»Achtung Bullen!«, rief Jakob.

Johann warf intuitiv einen Blick in den Rückspiegel. Luisa stieß ein überraschtes Quieken aus, beugte sich und stieß dabei ihre jüngeren Geschwister rechts und links an.

Till stieß sich den Kopf an Johanns Sitz. »Aua!«

Carlotta drehte hektisch den Kopf. »Ich seh' nichts!«

»Scherz!« Jakob grinste.

»LINKS!«, rief Anna.

Johann riss das Lenkrad herum.

»Bremsen!«, schrien Anna und Sofia gleichzeitig.

Johann trat mit voller Wucht auf die Bremse. Schlingernd kam der Wagen kurz vor einem mit Blumen bepflanzten Betonkübel zum Stehen. Der Motor ging aus. Für einen Moment herrschte Stille im Wagen.

»Niemand!«, erklang Johanns Stimme in eisigem Tonfall. »Niemand, der unter 15 Jahren alt ist, sagt mehr ein einziges Wort. Ist das klar?«

»Äh ...«, machte Till.

»Das war keine Frage!«, rief Johann verärgert.

Er startete den Motor. Dann umkurvte er im Schritttempo die Hindernisse und durchfuhr die Spielstraße.

»Die zweite Querstraße rechts bitte«, sagte Anna sanft.

»Danke!« Johann warf einen Blick in den Rückspiegel und versuchte zu lächeln.

Sofia hatte die Hände zum Gebet gefaltet und bewegte lautlos die Lippen.

Johann erreichte die Hauptstraße und gab Gas. »Danke, ab jetzt, weiß ich Bescheid.«

Wenige Minuten später parkte Johann im absoluten Halteverbot. »Das Ticket übernehme ich!«, rief er, während er zur Bank spurtete.

Er stieß die Tür auf und hetzte auf den nächstbesten Schreibtisch zu. »Guten Abend, mein Name ist Johann Weißborn. Ich habe einen Termin bei Herrn Puhrmann.«

Die Frau blickte dann mit kühlem Lächeln auf »Sie sind spät dran, Herr Weißborn.«

»Äh, ja, tut mir leid.«

»Folgen Sie mir.«

Sie stand auf. Johann wies seine durch die Eingangstür polternde Familie an: »Wartet hier!«

Dann folgte er der Frau in ein großes Büro.

23

ALLE FÜR EINEN

Herr Puhrmann war ein groß gewachsener, schwerer Mann mit schütterem Haar, gut gepflegtem Vollbart und einem äußerst verblüfften Gesichtsausdruck. Letzteres lag vermutlich weniger an Johann, den er ja erwartet hatte, sondern an der Menge weiterer Personen, die unaufgefordert in sein Büro stürmte.

»Du musst gar nicht schimpfen, Herr Bankdirektor«, rief Till und drängte sich an der Angestellten vorbei. »Papa kann nichts dafür, dass die Leute nicht mehr so viel lesen!«

»Genau!«, bestätigte Carlotta. Sie hielt ein Sparschwein in der Hand und schwenkte es hin und her. »Und deshalb helfen wir jetzt. Alle für einen!« Sie setzte ihr Sparschwein unsanft auf den Schreibtisch. »Haben Sie 'nen Hammer?«, fragte sie an Herrn Puhrmann gewandt.

»Äh ...«

»Nicht schlimm, geht auch so.« Sie zog einen Plastikstöpsel aus dem Bauch des Sparschweins und schüttelte es, sodass die Münzen auf den Schreibtisch kullerten. Till vergrößerte den Münzberg, indem er zwei Handvoll seines

Ersparten aus den Hosentaschen kramte und dem Geldregen seiner kleinen Schwester hinzufügte.

»Ich kann fünfzig Euro im Monat dazugeben«, meldete sich Luisa zu Wort. »Ich hab nämlich einen festen Job als Babysitterin.«

»Ich vierzig Euro im Monat, von meinem Zeitungsaustragsjob«, sagte Jakob. Er zwinkerte seinem Vater zu. »Ich habe DAZN gekündigt, hat beim Streamen ohnehin immer gehakt.«

»Kinder, was ...«, setzte Johann an, doch Sofia legte ihm die Hand auf die Schulter und unterbrach ihn. »Einen Moment, mein Lieber.« Sie wandte sich an den verdutzten Banker. »Bitte entschuldigen Sie den Überfall, Herr Puhrmann. Bei diesem Kredit geht es um das Zuhause einer ganzen Familie, und deshalb sollte auch die ganze Familie die Möglichkeit haben, ihren Teil zur Lösung beizutragen.« Sie zog ein Papier aus ihrer Handtasche. »Hier ist eine schriftliche Zusicherung für eine monatliche Zuwendung von 300 Euro, zweckgebunden an die Tilgung der Kreditrate.«

»Sofia!«, entfuhr es Johann. »Das könnt ihr nicht machen. So viel Geld habt ihr nicht!«

»Holger und ich haben das besprochen – also keine Widerrede.«

Nun schlich sich auch Anna in den Raum. »Ich gehöre zwar nicht zur Familie.« Sie lächelte Johann entschuldigend zu. »Aber bevor du irgendetwas entscheidest, hätte ich da noch etwas für dich.« Sie legte ein Papier vor ihm auf den Schreibtisch. Johann las:

Workshop kreatives Schreiben – Honorarvertrag

Er war sprachlos.

Indessen schüttelte Carlotta ihr Sparschwein immer wilder hin und her. »Mist, warum kommt das nicht raus?« Schließlich löste sich eine letzte Münze und sauste nur wenige Millimeter an Herrn Puhrmann vorbei, bevor sie gegen ein abstraktes Gemälde an der Wand prallte.

Carlotta linste in ihr Sparschwein. »Ich glaube, das wars!« Sie blickte auf. »Aber wenn ich wieder Taschengeld kriege, komme ich wieder.«

Till nickte. »Genau, du kannst dich auf uns verlassen, Herr Direktor, wir bringen immer ganz viel Geld, wenn wir es haben.«

Johann räusperte sich. »Leute, das war jetzt gerade der peinlichste Moment meines Lebens ...«, er sah einem nach dem anderen in die Augen, »... und der berührendste. Ihr seid wirklich unglaublich!«

Anna lächelte erleichtert, Till und Carlotta kicherten.

Herr Puhrmann setzte sich und beobachtete die Szenerie mit unlesbarem Gesichtsausdruck.

»Aber«, fuhr Johann fort. »Sosehr ich eure Geste auch zu schätzen weiß, ihr braucht euer Geld nicht zu opfern.« Er wendete sich Herrn Puhrmann zu. »Ich habe einen unterzeichneten Vertrag mitgebracht, der mir ein garantiertes Honorar von 248.000 Euro einbringt.«

»Hä?«, machten Jakob und Luisa unisono.

»Ist das viel?«, flüsterte Till seiner jüngeren Schwester zu .

»Voll viel!«, gab Carlotta zurück.

»Bist du sicher?«, fragte Anna leise.

Johann nahm seinen Rucksack und öffnete ihn. »Ich habe den Vertrag extra ...« Er verstummte und spürte, wie ihm das Blut aus dem Gesicht wich. *Der Umschlag? Wo war dieser verflixte Umschlag?*

Hektisch öffnete er das zweite Fach des Rucksacks. Da war er ja. Er zog den Umschlag heraus und öffnete ihn. Entsetzt riss er die Augen auf. Er enthielt einen nachlässig gefalteten DIN-A3-Bogen! Mit dicken roten Buchstaben stand dort »Speidermänkostüm, Fernsteuerauto, Leserschwert ...« Die sorgfältig dokumentierten Weihnachtswünsche von Till flimmerten vor seinen Augen. Alle starrten ihn fragend an. Johann starrte zurück, kein Wort kam über seine Lippen.

»Okay«, ergriff Herr Puhrmann zum ersten Mal das Wort. »Das war ein äußerst rasanter und zugegebenermaßen ungewöhnlicher Gesprächsauftakt. Ich bin beeindruckt von Ihrem Familienzusammenhalt. Aber in meinem Kalender steht, dass ich mit Johann Weißborn ein Gespräch habe, und zwar mit ihm allein. Darf ich Sie und euch daher bitten, für einen Moment draußen Platz zu nehmen?« Er nickte seiner Mitarbeiterin zu, die sprach- und reglos neben der Tür verharrte. »Frau Schröder, bitte seien Sie so gut und bringen Sie Herrn Weißborns Begleitung Getränke und etwas von unseren Lebkuchen, ja?«

Carlotta verschränkte die Arme vor der Brust. »Wir lassen uns nicht bestechen!«

Till blickte sie erst verwirrt an, dann tat er es ihr gleich. Mit trotzig verschränkten Armen rief er: »Genau!«

Herr Puhrmann beugte sich vor. »Das ist sehr gut. Die

Welt braucht unbestechliche Menschen. Allerdings besteche ich euch gar nicht, ich bin nett. Das ist ein Unterschied.«

»Kann ja jeder sagen!«, behauptete Carlotta.

»So ist es!«, bestätigte Till.

»Stimmt, aber bei mir trifft es zu. Und außerdem sind die Lebkuchen mit Schokolade.«

»Ehrlich?«, hakte Till nach.

»Jawohl, und mit Marmeladenfüllung.«

Till warf seiner Schwester einen fragenden Blick zu.

Carlotta ließ Herrn Puhrmann nicht aus den Augen. »Na gut«, stimmte sie schließlich zu. »Aber nur, weil Sie nett sind.«

Sie blickte zu ihrem Papa. »Du brauchst nur zu rufen, wenn du uns brauchst!«

Als Frau Schröder die Meute hinausgeleitet hatte und die Tür hinter sich schloss, herrschte eine irritierende Stille im Raum.

Herr Puhrmann hob die Brauen. »Alles in Ordnung mit Ihnen? Sie sehen etwas blass aus.«

»Ich kann Ihnen gar nicht sagen, wie unangenehm mir das ist, aber ich habe die Briefumschläge verwechselt.«

»Aha.«

»Es ist so: Ich habe einen Honorarvertrag über die Filmrechte für meinen Debütroman in Höhe von 248.000 Euro. Und ich dachte, ich hätte ihn eingepackt, aber in der Hektik habe ich dann versehentlich die Weihnachtswünsche meines Sohns Till eingesteckt.«

»Herr Weißborn, seit drei Monaten bedienen Sie Ihre Ratenkredite nicht vollständig. Sie haben mehrere

Gesprächstermine verstreichen lassen, unsere Mahnungen ignoriert und keine unserer Nachrichten beantwortet. Dann setzten wir Ihnen ein letztes Ultimatum. Sie kommen zu spät zum Termin, legen mit Ihrer Familie einen denkwürdigen Auftritt hin, behaupten, Sie hätten ein Dokument, das all Ihre finanziellen Probleme auf einen Schlag lösen würde – und präsentieren mir stattdessen den Wunschzettel Ihres Sohns? Ihnen ist schon klar, wie das auf mich wirken muss?«

»Ich gebe zu, das ist alles etwas unglücklich gelaufen.«

»Unglücklich«, brummte Herr Puhrmann. Dann linste er auf Tills Wunschzettel. »Ihr Sohn wünscht sich wirklich eine Ziege?«

Johann hob die Schultern. »Er ist originell.«

»Ohne Frage«, bestätigte Herr Puhrmann. Dann öffnete er seine Schreibtischschublade. »Ich möchte Sie bitten, das hier zu unterzeichnen.« Er nahm Johanns aktuellen Roman hervor und legte ihn auf den Schreibtisch.

»Äh, natürlich.« Johann signierte das Buch.

»Danke«, Herr Puhrmann nahm den Band und schob ihn zurück in die Schublade. »Leider löst diese Unterschrift nicht alle unsere Probleme.«

»Das hatte ich befürchtet.«

Der Banker öffnete ein Fach und zog mit ernstem Blick einen dicken Aktenordner hervor. »Ich möchte Ihnen etwas zeigen.« Er schlug den Ordner auf und schob ihn Johann hinüber.

Dieser warf einen Blick auf die aufgeschlagene Seite und stutzte.

Prinzessin Rosi und der vazaubate Drache, stand dort in kindlicher Mädchenhandschrift geschrieben.

Johann blätterte weiter, der zehnseitigen Kurzgeschichte folgten weitere: »Die Abendteua von Rita dem Rebhuhn«, »Sofia Hinkefuß und das Ungeheuer vom Baggersee«, »Wie Herr Kowalskis Backenzahn das Universum rettete.« Die Geschichten wurden länger und die Rechtschreibung besser. Zum Schluss fand sich ein 350 Seiten langer Krimi mit dem Titel: »Der Fuß im Eisfach – Frau Wolnizcaks erster Fall.«

Johann überflog ein paar Seiten. »Warum zeigen Sie mir das?«

»Die Autorin dieser Geschichten ist mir sehr vertraut. Aus zuverlässiger Quelle weiß ich, dass sie seit ihren ersten literarischen Gehversuchen im Grunde ausschließlich Gegenwind bekommen hat. Zuerst war es ihren Eltern wichtig, dass sich ihr Leben nicht nur zwischen Büchern und Geschichten abspielt, sie wollten, dass sie rausgeht, Freunde gewinnt, Sport macht. Später war es ihnen wichtig, dass sie sich auf die Schule konzentriert und dann einen vernünftigen Beruf erlernt. Doch die Autorin ließ sich nicht vom Schreiben abbringen und trotzte ihren Eltern. Schließlich, nachdem sie ihr erstes Buch geschrieben hatte, schickte sie es an verschiedene Agenturen und Verlage. Was sie erntete, waren entweder Ignoranz oder nichtssagende Ablehnungsschreiben – nicht eine einzige Ermutigung. Dennoch schrieb sie weiter und kassierte weitere Ablehnungen. Diese Hartnäckigkeit führte schließlich dazu, dass ihre Eltern einsahen, dass eine unbändige Fantasie und das Erzählen von Geschichten genauso zu ihrer Tochter gehörten wie ihre blauen Augen, ihr soziales Gewissen und ihre Liebe zu Pflaumenkuchen mit Schlagsahne. Aber es schmerzte sie, mitansehen zu müssen, dass niemand ihre Tochter auf diesem Gebiet ernst nahm. Es blieb ein schmerzvolles Thema, bis Rosemarie dann vor Kurzem einen berühmten und erfolgreichen Autor traf, den sie sehr bewunderte. Das Verrückte war, dieser Mann nahm sie ernst. Er begegnete ihr auf Augenhöhe. Er sah nicht müde lächelnd auf sie herab und versuchte auch nicht, das Gespräch so schnell wie möglich zu beenden, sondern nahm sich Zeit für sie, so als habe er selber Freude daran.

Ob das wirklich so war, kann ich nicht beurteilen. Aber ich bin mir sicher, diesem Autor ist nicht annähernd klar, was dieses Gespräch für Rosemarie bedeutete. Es fühlte sich für sie so an wie die Olympiaqualifikation für einen Hobbyathleten oder die Champions-League-Teilnahme für einen Hertha-Fan. Es gab ihr neuen Mut, neue Energie und die Bereitschaft, an sich zu arbeiten. Und es wäre furchtbar, wenn sich all das nur als eine Eintagsfliege oder – schlimmer noch – als eine Täuschung herausstellen würde. Verstehen Sie das?«

Johann schluckte. »Rosemarie war auf meiner Lesung.«

Herr Puhrmann nickte.

»Sie ist Ihre Tochter?«

Wieder nickte Herr Puhrmann. »Wissen Sie, was ich von meiner Tochter gelernt habe? Es gibt Dinge, die sind ein Wert an sich – gute Geschichten zu erzählen zum Beispiel. Wenn ich aber etwas nur um des Erfolgs willen tue, dann sollte ich mich fragen, ob es die Sache wert ist.«

Johann schwieg.

»Herr Weißborn, Sie sind ein großartiger Geschichtenerzähler und Sie können Menschen ermutigen. Das ist selten. Ich würde Ihnen empfehlen, etwas daraus zu machen.«

Johann räusperte sich. »Ich denke darüber nach, versprochen.«

»So, genug geplaudert.« Herr Puhrmann nahm den Ordner und verstaute ihn wieder in seinem Schrank. »Kommen wir zum Geschäftlichen.«

Johann schluckte.

»Als Bank sind wir daran interessiert, Sie langfristig als Kunden zu halten.« Er holte einen Hefter aus der Schublade und entnahm ihm einige Papiere. »Das lässt sich relativ einfach umsetzen, indem wir die Rate Ihres Kredits verringern, die Laufzeit verlängern und ...«, er lächelte, »... da wir auch ein wenig verdienen wollen, die Zinsen moderat erhöhen.« Er schob Johann die Papiere hinüber.

Johann warf einen Blick auf die Raten und hatte innerhalb von zehn Sekunden unterschrieben.

»Ich weiß nicht, wie ich Ihnen danken soll!«, sagte er, als er die Papiere zurückschob.

»Sie brauchen mir nicht zu danken«, erwiderte Herr Puhrmann. »Wir schenken Ihnen nichts und haben und auf die lange Sicht sogar Mehreinnahmen gesichert. Sie zahlen jetzt mehr für Ihren Kredit als vorher.«

»Das nennt man dann wohl eine Win-win-Situation.«

Herr Puhrmann lächelte und reichte Johann die Hand. »Frohe Weihnachten.«

»Ihnen auch, und grüßen Sie Rosemarie von mir.«

»Grüßen Sie sie selbst. Sie hat sich schon für Ihren Schreibworkshop angemeldet.«

»Sie meinen den Workshop, von dem ich selbst erst seit einer Stunde weiß?«

Herr Puhrmann zwinkerte ihm zu. »Offenbar war sich die Buchhändlerin Ihres Vertrauens sehr sicher, dass Sie ihr Angebot annehmen werden.«

24

EIN JAHR SPÄTER

Liebes Tagebuch,
ich habe schon lange nicht mehr in dich reingeschreiben. Wird
zeit, dass sich das ändert. Warscheinlich wunderst du dich,
dass ich Liebes mit ie geschrieben habe. Das ist ganz einfach, es
gibt da nämlich so'n Trick. Wenn man i ganz lang ausspricht
kommt nen e dahinter. Deshalb schreibt man auch Fieber und
Sieb oder Bieber mit ie. Voll easy. ☺ *. Liesa ist die Freundin*
von Luisa aber ich glaub die ist auch ein bisschen in Jakob
verliebt.

Apro Po verliebt: Mit Papa ist es nicht einfach. Der kennt die
Anna schon so lange und jeder Volpfosten kann sehen, dass er
sie voll mag und sie ien auch. Aber statt er sie mal auf ein Deyt
einlädt oder so ... nee, da tut er immer so, als wären sie nur
Freunde. Naja, vielleicht kriegt er das ja heute gebacken. Da
feiern wir nämlich Weinachten zusammen.

Wenns geklappt hat, schreib ich dir nochmal versprochen.
Deine Carlotta

»Habt ihr alles?«, fragte Johann. Er warf einen Blick in den Rückspiegel.

Jakob hob den Daumen, Luisa chattete mit irgendjemandem und zeigte keinerlei Reaktion, Carlotta kaute Kaugummi und brummte: »Na logo!«, und Till fragte: »Was ist alles?«

»Alles, was wir für Weihnachten brauchen.«

»Nee«, erklärte Till, »wir haben keinen Weihnachtsbaum, keine Krippe, keine Oma, keinen Opa ...«

»Till, ich meine alles, was wir für die heutige Feier brauchen. Im Laden gibt es einen Weihnachtsbaum und eine Krippe. Oma und Opa besuchen wir morgen.«

»Ach so. Sag das doch gleich.«

Johann drehte den Zündschlüssel. Beim zweiten Versuch sprang der Wagen röchelnd an. »Die Tüten mit den Plätzchen habt ihr auch eingepackt?«, hakte er nach.

Carlotta zuckte mit den Achseln, Luisa starrte auf ihr Handy, Till fragte: »Plätzchen?« und Jakob: »Tüten?«

»Leute, ihr macht mich fertig. Ich hatte doch extra noch gesagt: ›Packt die Tüten ein‹.«

»Mir hast du das nicht gesagt«, bemerkte Carlotta.

»Mir auch nicht«, ergänzte Till.

»Ich weiß nichts von irgendwelchen Tüten«, merkte Jakob an.

Johann verdrehte die Augen. »Luisa, du sitzt an der Tür, jetzt leg das Handy weg und hol die Plätzchentüten.«

»Was?«, fragte sie, ohne aufzublicken.

»Handy weg, Plätzchen holen!«, gab Johann verkürzt und in erhöhter Lautstärke wieder.

»Jetzt schrei doch nicht so«, erwiderte Luisa. »Was für Plätzchen?«

Johann holte tief Luft, dann erwiderte er mit nicht ganz authentischer Freundlichkeit: »Die Plätzchen, die wir extra für heute gebacken und in Tüten verpackt haben.«

»Ach die«, Luisa winkte ab. »Die sind doch im Auto!«

»Und warum sagst du das nicht gleich?!«, blaffte Johann.

»Du hättest mich ja fragen können«, erwiderte Luisa.

Johann spürte, wie die Wut in ihm hochkochte und er stark geneigt war, Dinge zu sagen, die er später bereuen würde. »Du hast wirklich ein Riesenglück, dass ich dich so lieb hab«, knurrte er. Dann manövrierte er den Bus aus der engen Parklücke und gab Gas.

Es war nun über ein Jahr her, seit der Adventskalender mit Beeinträchtigung – wie Till ihn genannt hatte – Johanns Leben ziemlich auf den Kopf gestellt hatte. Seine Entscheidung, der Verfilmung seines Romans nicht zuzustimmen, hatte ihn noch so manche schlaflose Nacht gekostet. Aber im Nachhinein war er sich sicher, dass er sich richtig entschieden hatte. Juliane war mehrere Wochen lang stinksauer mit ihm gewesen. Doch dann hatte sie für sein nächstes Buchprojekt einen hervorragenden Vertrag ausgehandelt. Er brachte bei Weitem nicht so viel Geld ein wie die Filmrechte ergeben hätten. Aber es war genug, um weiterhin davon leben zu können. Schon kurz nach Neujahr hatte Johann den ersten Schreibworkshop in Annas Buchladen gestartet. Er hätte nie gedacht, dass ihm diese Arbeit so viel Spaß machen könnte. Er genoss es, die Entwicklung seiner Schülerinnen zu beobachten – tatsächlich waren alle Kursmitglieder weiblich. Er liebte den gemeinsamen Austausch, die gegenseitige Ermutigung und die besonderen Momente, wenn Buchstaben auf einmal lebendig wurden.

Sein Leben hatte sich in vielfacher Hinsicht geändert, und so manches Mal ging ihm auf, dass er dies im Wesentlichen seinen Kindern verdankte. Ihre besondere Kalenderidee und Tills Traum hatten ihm geholfen, endlich loszulassen, endlich zu verstehen, dass es absurd war, etwas kontrollieren zu wollen, das so viel größer war als er selbst. Er würde das Leben niemals im Griff haben. Darum ging es gar nicht. Es ging darum, dem zu vertrauen, aus dessen Hand alles Leben hervorspross, und das im Kleinen nachzuahmen, was dieser im Großen getan hatte.

Annas Buchladen erstrahlte in warmem Glanz. Sie hatte ein Händchen für Dekoration, ganz im Gegensatz zu Johann, für den bereits ein nachlässig auf den Tisch geworfener Koniferen-Zweig als Weihnachtsschmuck durchging. Brennende Kerzen und Öllampen, sorgfältig dekorierte Tannenzweige und eine geschnitzte Weihnachtskrippe schufen eine geheimnisvolle, weihnachtliche Stimmung. Auf den Stühlen saßen erwartungsvoll die Mitglieder des Schreibworkshops, den Johann seit fast einem Jahr regelmäßig leitete.

Anna sprang auf und kam ihm entgegen, als er durch die Tür trat.

»Entschuldige die Verspätung«, murmelte er.

»Kein Problem, wir haben ohnehin nicht früher mit dir gerechnet«, erwiderte Anna lächelnd. Sie stellte sich auf die Zehenspitzen, und als sie einander umarmten, flüsterte sie ihm ins Ohr: »Wann wollen wir es ihnen sagen?«

»Ich glaub, sie sind noch nicht so weit«, flüsterte Johann. Sie linste an ihm vorbei. »Ich glaube, du irrst dich.«

Johann drehte sich um. Jakob grinste. Luisa wirkte genervt, Carlotta schaute ihn auffordernd an und Till popelte in der Nase.

»Meinst du, sie ahnen etwas?«, flüsterte er Anna ins Ohr.

»Machst du Witze? Deine Kinder sind nicht blöd«, erwiderte sie.

Johann wandte sich wieder seiner Familie zu. »Kinder«, er räusperte sich. »Jetzt ist vielleicht ein etwas komischer Zeitpunkt, aber ...«

»Ihr zwei seid zusammen«, bemerkte Luisa gelangweilt.

»Äh ... woher ...«

»Das kommt jetzt nicht wirklich überraschend«, sagte Jakob.

»Ich dachte schon, du kriegst das nie auf die Reihe«, bemerkte Carlotta.

»Jetzt könnt ihr knutschen«, befand Till.

Annas Wangen hatten sich gerötet.

»Ich glaube, jetzt ist nicht wirklich der richtige Zeitpunkt«, sagte Johann rasch.

»Warum nicht?«, fragte Rosemarie. »Ich finde, der Junge hat recht.«

»Fallt ihr mir jetzt etwa auch noch in den Rücken?«, wandte Johann sich an seine Schreibgruppe.

»Knutschen, knutschen, knutschen!«, fing Carlotta an und stampfte dabei rhythmisch mit dem Fuß auf. Ihre Geschwister fielen sofort mit ein und kurz darauf die gesamte Schreibgruppe.

Johann wandte sich an Anna, deren Wangen sich tiefrot verfärbt hatten. »Hoffnungslos romantisch, nicht wahr?«

»Wie ein Championsleague-Finale an Weihnachten«, bestätigte sie. Ihre Augen blitzten.

Johann nahm sie in die Arme, beugte sich hinab, und unter donnernden Applaus berührten sich ihre Lippen.

»Ein bisschen eklig ist es ja schon«, bemerkte Till, als die beiden die Köpfe wieder hoben.

»Voll«, bestätigte Carlotta.

Till zuckte mit den Schultern. »Sind halt Erwachsene«, sagte er abgeklärt und führte den frisch herausoperierten Popel der körpereigenen Recyclinganlage zu.

»Und nun feiern wir Weihnachten!«, sagte Rosemarie und rieb sich die Hände.

Wenig später saßen sie beisammen und knabberten selbst gebackene Plätzchen.

»Heute habe ich euch eine Geschichte mitgebracht, die ich nicht selbst geschrieben habe«, begann Johann. »Vielleicht ist sie mir gerade deshalb so wichtig geworden. Die Ereignisse dieser Geschichte liegen schon eine ganze Weile zurück. Damals orientierte man sich zeitlich nicht an Jahreszahlen, sondern an den jeweiligen Herrschern. Deshalb beginnt die Geschichte so:

›Die Ereignisse, von denen ich berichten möchte, fanden statt, als der Herrscher der zivilisierten Welt, Kaiser Augustus, bessere Daten für seine Steuererhebung haben wollte und deshalb eine Volkszählung durchführen ließ. Das geschah in dieser Weise zum ersten Mal und ereignete sich genau zu der Zeit, als Quirinius über Syrien herrschte. Jeder sollte sich daher in seiner Geburtsstadt registrieren lassen. Und so machte sich auch Josef, der nach Galiläa gezogen war, auf den Weg in seine Heimatstadt Betlehem, denn er war ein Nachfahre des berühmten Königs David. Mit ihm ging seine Verlobte, Maria, die war schwanger. Und als sie in Betlehem ankamen, setzten die Wehen ein und Maria bekam ihr erstes Kind. Es war ein Sohn. Sie wickelte ihn in Windeln und legte ihn in eine Futterkrippe. Denn alles war total überfüllt, und die einzige Unterkunft, die sie bekommen konnten, war ein Stall gewesen ...‹«

DANKSAGUNG

Diese Geschichte musste manche Hürde nehmen, bis sie schließlich die vorliegende Form annahm. Dass sie überhaupt zustande kam, verdanke ich dir, Anne. Ich bin unendlich dankbar, dass du nicht nur beim Schreiben, sondern auch auf den mitunter recht verschlungenen und holprigen Wegen des Lebens an meiner Seite bist.

Liebe Tina, seit fast 17 Jahren schicke ich dir im Schnitt jede Woche ein Kapitel, und du wirst nicht müde, mich mit konstruktiver Kritik und wertschätzendem Feedback anzuspornen. Ich könnte mir keine bessere Kollegin wünschen.

Liebe Verena, toll, dass wir nach einigen Jahren Pause wieder ein Buchprojekt verwirklichen konnten. Hab vielen Dank für dein Vertrauen in diese Geschichte!

Liebe Ma, vielen Dank für deine Unterstützung über all die Jahre hinweg.

Lieber Reiner, danke für deinen Support, und vor allem für deine unnachahmliche Art, Opa Heiligenstadt zu sein.

Und natürlich möchte ich nicht versäumen, euch meinen Dank auszusprechen, liebe Leserinnen und Leser. Danke, dass ihr durch eure Fantasie Leben in diese mit Buchstaben gefüllten Seiten haucht.

Ein poetisches Kleinod

„Bezaubernd, liebevoll und mit ganz eigenem Charme werden die großen Fragen des Lebens und die Kraft des Glaubens vor einer winterlichen Kulisse nahegebracht."

Leserstimme

In der Stille der Bibliothek arbeitet Stefan an seiner Mappe fürs Kunststudium. Als ihm dort Lenja begegnet, wagt er es nicht, sie anzusprechen. Stattdessen zeichnet er sie.

Die beiden lernen sich kennen, und Lenja nimmt ihn mit in ihre Kirchengemeinde. Dann stürzt Lenja in eine tiefe Krise und zweifelt an Gott und allem, was sie bisher geglaubt hat. Und Stefan beschließt kurzerhand, für sie die Schönheit des Glaubens wiederzufinden …

Titus Müller • Deine Spuren im Schnee
Gebunden • 160 Seiten • ISBN 978-3-95734-898-2
Auch als E-Book erhältlich unter: 978-3-96122-604-7

24 stimmungsvolle Geschichten zur Weihnachtszeit

„Ein toller Begleiter für genussvolle kleine Lesemomente im meist doch turbulenten Vorweihnachtsalltag."

Leserstimme

Eine offene Tür, durch die der Wind die Schneeflocken hereinweht. Ein Weihnachtsstern, dem eine Ecke abgebrochen ist. Oder ein Heiligabend im Zug, der für alle Fahrgäste im Abteil zu einem besonderen Moment wird …

Mal besinnlich, mal heiter, dann wieder spannend und abenteuerlich sind die 24 Geschichten, die Elisabeth Büchle für diesen Band zusammengestellt hat. Und wie ein Lichtschein leuchtet immer wieder die Botschaft auf, dass Jesus Christus unsere Hoffnung und der Grund aller Weihnachtsfreude ist.

Elisabeth Büchle • Das beste Geschenk von allen
Gebunden • 192 Seiten • ISBN 978-3-95734-920-0
Auch als E-Book erhältlich unter: 978-3-96122-558-3

Ein Podcast zum Ankommen.
Bei Gott. Und bei dir.

Gemacht wird der Podcast *Der Flügelverleih* von unserem
Verlagsteam. Autorinnen und Autoren, Musikerinnen und
Musiker sprechen über ihre Bücher, ihre Alben, ihr Leben
und ihren Glauben. Das inspiriert. Und verleiht Flügel!

Hör gern mal vorbei!
Überall, wo es Podcasts gibt.